Femme
PASSION

LA CLEF DU PARADIS

Dans la même collection

CATHY THACKER

LA CLEF DU PARADIS

PRESSES DE LA CITÉ
PARIS

Titre original :
INTIMATE SCOUNDRELS

Première édition publiée par The Berkley Publishing
Group, série Second Chance at Love, 200 Madison Avenue,
New York 100/16

Traduction française d'Agnès Marcadier

© 1983 by Cathy Tacker
© 1991, Presses de la Cité, pour la traduction française
ISBN : 2-285-00589-X
ISSN : 1150-4005

1

SAVANNAH MCLEAN jeta un coup d'œil exaspéré sur la clientèle élégante qui déjeunait dans ce restaurant chic à l'atmosphère feutrée. Le cliquetis discret de la porcelaine se mêlait aux conversations et aux rires étouffés. Elle lança un regard sombre à son grand-père.

— Cesse de faire cette tête d'enterrement, ordonna-t-il en la dévisageant derrière ses lunettes cerclées d'écaille. Je voudrais bien que tu choisisses tes fréquentations avec plus de discernement.

La jeune femme aimait son aïeul du fond du cœur et elle était fière d'avoir hérité de sa détermination et de ses yeux bleus. Mais cette tendre affection ne lui permettait pas pour autant de s'immiscer dans sa vie privée.

— Si tu cherches encore à me marier, dis-toi bien que ça ne marchera pas. Je n'ai nullement l'intention de sacrifier ma liberté.

Sans masquer sa déception, le vieil homme lui demanda d'une voix grave :

— Pour combien de temps ?

– Jusqu'à la fin de mes jours.

Une pointe d'amertume se décelait dans sa réponse.

– Ma chérie, un divorce ne signifie pas la fin du monde.

– Pour moi, si. Maintenant que j'ai retrouvé mon équilibre, je n'ai pas envie de me compliquer inutilement la vie. De plus, à quoi sert un homme, sinon à...?

– Savannah, interrompit son grand-père, le visage cramoisi.

– A sortir la poubelle, reprit-elle avec un sourire machiavélique.

Le vieil homme poussa un soupir de soulagement et avala une gorgée de bourbon. Leurs regards se croisèrent.

– Tu dois arrêter de culpabiliser. Si tu avais épousé un homme fait pour toi, aujourd'hui tu serais toujours mariée.

Cette remarque laissa la jeune femme songeuse. Au début, Keith et elle s'aimaient à la folie. La journée, elle travaillait dans l'immobilier, et le soir, elle préparait sa maîtrise de gestion. Son mari, associé dans un cabinet juridique, perdait la plupart de ses plaidoiries, ce qui ne l'empêchait pas de nourrir de grands espoirs pour son avenir. Mais lorsque la carrière de Savannah prit de l'essor, il en tira ombrage et plus rien ne fut pareil.

– Je ne me sens pas encore mûre pour une nouvelle histoire d'amour.

– Il faut t'y préparer, parce que je ne te laisserai pas devenir une vieille fille desséchée.

Savannah leva les yeux au ciel en reposant ses couverts.

— Enfin, nous ne sommes plus au Moyen-Age!

— Je le regrette bien!

Elle jeta un regard furtif autour d'elle et ses yeux s'attardèrent sur un homme au physique avantageux.

— Je t'en prie, insista-t-elle, je dois d'abord prouver mes compétences professionnelles, et pour l'instant cela me suffit amplement. Plus tard, peut-être...

Emerson prit un air outragé, tandis que les yeux de sa petite-fille erraient à nouveau sur ce client élégant. Agé d'environ trente ans, il portait un pantalon et un blazer bleu marine. Une chemise à rayures bleues et blanches rehaussait sa silhouette élancée et ses larges épaules.

Plongé dans une pile de dossiers, il raturait, notait, fronçait des sourcils et réfléchissait. Cette scène lui rappela le nombre de repas qu'elle avait pris à la hâte sans cesser de travailler.

Son regard s'attarda sur ses cheveux châtains qui frisaient autant que les siens. Il avait un nez aquilin et des pommettes saillantes. Sa bouche sensuelle dévoilait des dents d'un blanc immaculé.

Se sentant observé, il leva les yeux et lui adressa un sourire engageant. Troublée, Savannah piqua son fard.

— J'aimerais aller aux toilettes, lança-t-elle, éprouvant le besoin de se soustraire à l'examen de cet homme.

Quand elle quitta la table, Emerson déclara.

– J'ai aperçu quelques amis que je voudrais saluer. Veux-tu que je te présente?

– Une autre fois.

L'inconnu la dévisageait toujours, l'air perplexe. Lorsqu'elle s'approcha, il lui sourit. La jeune femme eut le souffle coupé tandis qu'une émotion indéfinissable lui nouait la gorge. Les cicatrices de son divorce toujours à vif l'empêchaient d'envisager une nouvelle rencontre.

Une fois réfugiée dans les lavabos, le ridicule de son attitude lui sauta aux yeux. Pourquoi ce comportement puéril, comme si cet étranger pouvait représenter un quelconque danger?

Pour gagner du temps, elle se brossa les cheveux, retoucha son maquillage, remit les plis de sa jupe en ordre et tira sur les pans de sa veste. N'ayant plus rien d'autre à rectifier, elle sortit dans le couloir.

– Mademoiselle, je vous prie de bien vouloir m'excuser, lui dit une voix derrière son dos. Je crois que ceci vous appartient.

Savannah fit volte-face et se trouva nez à nez avec le bel étranger qui lui tendait un mouchoir blanc en la regardant droit dans les yeux.

– Non, je regrette, réussit-elle à répondre d'une voix sèche.

– Je vous demande pardon.

Il glissa le petit carré de linon dans sa poche et s'éloigna d'un pas nonchalant. Puis il se retourna.

Elle avait les mains moites et son cœur battait à tout rompre. Voilà des mois qu'elle évitait toute compagnie masculine, pensant devoir d'abord s'affirmer dans son nouveau métier et s'habituer à vivre en célibataire. Mais d'un simple regard, cet inconnu venait de lui rappeler sa cruelle solitude.

— Vous arrivez dans la région? lui demanda-t-il en s'approchant.

« Allez au diable! songea-t-elle. Tout allait si bien jusqu'à présent. »

— Oui.

— Charleston est une petite ville et si je vous avais déjà croisée quelque part, je n'aurais pas pu vous oublier.

— J'ai dû me montrer impolie en vous dévisageant tout à l'heure.

Il éclata d'un rire grave et terriblement sensuel.

— Comment en vouloir à une jolie femme?

Et avant qu'elle ait le temps de réagir, il déposa un baiser sur sa main.

— Vous regardez trop de mauvais films, badina Savannah qui s'efforçait de garder son calme.

Pourtant, le sang lui monta à la tête lorsque des milliers de sensations oubliées resurgirent.

— En Caroline du Sud, le baisemain ne se pratique pas.

— Que diriez-vous d'oublier les convenances et de me donner vos coordonnées?

Sans réfléchir, elle lui répondit avec un grand sourire :

— Je ne crois pas que cela soit une bonne idée.

Elle voulut s'éloigner, mais il la retint par le bras et la regarda longuement dans les yeux avant d'ajouter :

– Si je vous ai blessée...

– Non!

La chaleur que dégageaient les doigts de son interlocuteur irradiait tout son corps.

– J'aimerais vous connaître mieux, insista-t-il. Qu'y a-t-il de mal à cela?

Autour d'eux, leur conversation attirait l'attention des curieux.

– Je vous en prie, je dois partir.

– Je présume que si je vous avais rencontrée à un cocktail où nous aurions été présentés en bonne et due forme, il n'y aurait pas de problème. Pourquoi ne pas faire le contraire?

A cet instant précis, son grand-père apparut, les traits crispés par la colère.

– Jeune homme, je vous serais reconnaissant de laisser ma petite-fille en paix.

Savannah ouvrit de grands yeux stupéfaits, car Emerson s'énervait rarement en public.

Quelques clients se retournèrent pour mieux voir la scène, ce qui ne gêna en rien le vieil homme qui poursuivit :

– Ne comprenez-vous pas que vous la mettez dans l'embarras? Sauf erreur de ma part, vous l'avez déjà importunée pendant le repas et la pauvre enfant a dû se sauver dans les toilettes pour échapper à votre impudence! Cela ne vous suffit pas?

Mortifiée, la jeune femme intervint :

– Grand-père, je t'en prie! Tu te méprends complètement. Il n'a pas...

– Savannah, ne me dis pas que tu l'as encouragé!

12

Cette remarque la troubla. Alors, l'inconnu lui vint en aide.

— Je vais tout vous expliquer !

Emerson entoura les épaules de sa petite-fille d'un bras protecteur :

— Je connais bien ce vaurrien. Si vous osez encore vous approcher d'elle, je me verrai dans l'obligation de vous chasser de Charleston. Suis-je assez clair ?

L'homme poussa un long soupir et regarda la jeune femme comme pour lui demander son secours.

Elle fondit comme neige au soleil. Juste ciel, il l'avait envoûtée. Son aïeul avait peut-être raison en pensant qu'elle devait reprendre une vie normale.

— Je t'en prie, calme-toi. Pourquoi le traites-tu de vaurien ?

— Il n'y a pas pire que lui dans toute la Caroline du Sud.

— Mademoiselle, permettez-moi de me présenter. Je m'appelle Brendon Sloane, P-DG de la société de construction Sloane.

Il lui serra la main et une chaleur infinie lui traversa le corps.

Chancelante, elle prit une voix affectée :

— Mais c'est le principal concurrent de McLean.

Brendon approuva d'un signe de tête.

— Exact. Et je dois parler à son héritière.

— Ne touchez plus à ma petite-fille, monsieur Sloane. Et quant à toi, ma chérie, évite ce bandit.

Puis il prit la jeune femme par le bras pour sortir du restaurant, sous l'œil scrutateur de leur ennemi.

La curieuse sensation que Savannah ressentit à ce moment-là ne devait pas disparaître de sitôt.

2

SUR le chemin qui les ramenait à la société McLean située dans le centre ville, Emerson refusa d'exposer les raisons de son inimitié pour Brendon Sloane.

— Il faut que tu reprennes une vie normale, mais pas avec n'importe qui.

— D'après toi, une liaison avec Brendon me mènerait forcément dans les bas-fonds ? plaisanta Savannah qui gardait en mémoire son baisemain.

— Sloane est un homme d'affaires redoutable mais il n'a jamais su se faire accepter par les habitants de cette ville. Il utiliserait n'importe quel moyen pour arriver à ses fins.

Excédée, la jeune femme poussa un soupir.

— Il m'a pourtant fait très bonne impression.

— Ne te laisse pas prendre au piège.

Emerson rangea la voiture sur la place du parking qui lui était réservée. Puis il changea habilement de conversation.

— Au fait, comment avance le projet de l'île Edisto ?

– Je devrais être en mesure de te remettre mon rapport demain.

Elle espérait ainsi prouver sa créativité et son sens du marketing.

Ils entrèrent tous deux dans l'immeuble et le vieil homme lui donna une tape rassurante sur l'épaule.

– Je suis sûr que tu t'en sortiras à merveille. Te voilà de retour parmi nous depuis à peine six semaines et tu connais déjà les rouages de la société comme si tu y travaillais depuis des années.

Elle sourit :

– Puisque tu reconnais ma valeur professionnelle, tu pourrais peut-être penser à moi pour la présidence de ton entreprise.

Ils se séparèrent devant l'ascenseur.

Savannah passa le reste de l'après-midi dans son bureau à peaufiner la présentation de son projet. Emerson lui fit une brève visite vers dix-sept heures, son pardessus sur le bras.

– Toujours à l'ouvrage? demanda-t-il d'une voix attendrie.

La jeune femme leva les yeux de ses dossiers.

– Mmm!

– Que dirais-tu d'un dîner à la *Cave à Vin*?

Elle jeta un rapide coup d'œil à sa montre et se passa la main dans les cheveux. A force de rester courbée sur ses comptes, son dos la faisait souffrir et un vague mal de tête commençait à lui serrer les tempes.

– Il me reste encore tant de choses à faire.

Le vieil homme fronça les sourcils.

— Personne ne te demande de te tuer à la tâche. De plus, je tiens à ce que tu prennes un peu de bon temps. Alors, que décides-tu?

Elle s'étira dans son fauteuil en se massant la nuque.

La perspective d'une nouvelle soirée en solitaire ne la tentait guère et son estomac criait famine.

— Ça marche, annonça-t-elle sur un ton enjoué.

Son grand-père lui adressa un regard rayonnant:

— Je te rejoins sur place.

Savannah arriva au restaurant à dix-huit heures, comme convenu.

— Mademoiselle, je vous prie de nous excuser mais ce soir nous avons beaucoup de monde et vous allez devoir patienter une demi-heure.

La jeune femme accueillit la nouvelle avec un sourire compréhensif et risqua un œil dans le salon.

— Savez-vous si M. McLean est déjà là?

— Pas encore.

— Au cas où vous le verriez avant moi, voulez-vous lui dire que je l'attends au bar?

— Je n'y manquerai pas. La maison vous offre l'apéritif.

— Merci.

Le barman s'empressa de venir prendre sa commande et le son reposant du piano la détendit. Le brouhaha étouffé des discussions et des rires lui faisait presque oublier sa solitude.

Tout à coup, elle aperçut Brendon Sloane qui adressait quelques mots à l'hôtesse. Puis il se dirigea vers le bar et s'arrêta en apercevant Savannah. Il la dévisagea de la tête aux pieds avec un sourire.

Gênée par la scène du déjeuner, elle résolut de l'affronter calmement tandis qu'il avançait d'un pas nonchalant, les mains dans les poches.

— Tiens, tiens! Ne serait-ce pas la jeune personne qui me dévisageait tout à l'heure? demanda-t-il d'une voix badine.

Il portait le même costume bleu, et une épingle en argent rehaussait sa cravate en soie assortie.

— Vous permettez que je m'asseye à vos côtés?

Le souffle de Savannah se fit plus court.

— Il s'agit d'un lieu public.

Sa réponse trahissait à quel point elle se tenait sur la défensive. Sans désarmer, il posa le coude sur le comptoir. A sa façon de la regarder, elle se félicita d'avoir gardé ses distances. Les mises en garde de son grand-père lui revinrent en mémoire.

— Mademoiselle, dit-il sur un ton railleur, je tiens à préciser que je ne cherche pas la bagarre.

Elle redressa la tête pour demander d'une voix doucereuse :

— Vous avez encore perdu un mouchoir?

Piqué au vif, il esquissa une moue révélatrice.

— Au moins j'ai réussi à attirer votre attention.

Sans lui laisser le temps de protester, il s'installa à ses côtés et ses longues jambes effleurèrent les siennes – contact si chargé d'électricité que la jupe de Savannah se colla à son pantalon.

Tout en séparant les étoffes, les yeux de Brendon errèrent sur sa cuisse dénudée puis descendirent le long de son mollet pour s'arrêter à la pointe de son escarpin. Cet examen détaillé la fit frissonner.

— Je vous demande pardon. Je dois avoir les mains froides avec ce vent qui souffle dehors.

En effet, mais elle ne frissonnait pas pour cette raison. Qu'avait donc cet homme de si particulier pour la réduire au silence et accélérer les battements de son cœur?

Sans la quitter des yeux, il souffla dans ses doigts pour les réchauffer. Sa présence physique et son eau de toilette enivraient la jeune femme.

Le barman apporta le whisky glacé à la menthe.

— Que désirez-vous, monsieur Brendon?

— Un bourbon.

— Immédiatement.

— Vous semblez connu comme le loup blanc, commenta Savannah après le départ du serveur.

Il s'installa confortablement sur son siège.

— Je crois avoir fait forte impression dans cette ville. Quelque chose me dit qu'il en sera de même pour vous dans peu de temps.

Devant le sourire qu'il lui décocha, elle faillit s'étrangler. Ce regard rivé sur sa bouche la troubla et elle passa la langue sur ses lèvres avant de dire d'une voix détachée :

— Vous venez souvent ici?

— Seulement quand je n'ai pas envie de rester seul.

19

Leurs yeux se croisèrent.

– Et vous?

– J'attends quelqu'un.

Soudain, elle souhaita que ce ne fût pas vrai.

– Une personne de ma connaissance? insista-t-il en l'observant dans le miroir qui se trouvait en face d'eux.

Savannah tourna la tête vers l'entrée du bar avant de répondre :

– Mon grand-père.

– Dans ce cas, je ne devrais peut-être pas rester en votre compagnie.

Elle saisit l'occasion de satisfaire sa curiosité :

– Pourquoi vous détestez-vous à ce point?

– Demandez-le à Emerson, répondit Brendon en haussant des épaules.

– Il a refusé de me répondre, précisa-t-elle en soutenant son regard, sans pouvoir en déchiffrer l'expression.

Après avoir posé les pieds sur les barreaux du tabouret, son compagnon expliqua :

– Dans le passé, j'ai soufflé à votre aïeul plusieurs contrats. Je n'ai pas pour habitude de traiter mes affaires comme une partie de poker et je vais droit au but. Jusqu'à mon installation dans cette ville, il n'avait jamais connu de concurrence sérieuse en plus de quarante ans de carrière.

– D'où venez-vous au juste?

– De l'Ohio, et je suis ici depuis bientôt cinq ans. Et vous?

– Je suis née ici, mais je viens de rentrer de Californie où j'ai vécu un certain temps.

Un silence pesant tomba tandis que Brendon la détaillait sans relâche. De son côté, Savannah se livrait à un examen discret. Légèrement bronzé, son visage accusait quelques sillons autour des yeux et de la bouche. Il avait la paume des mains calleuse, comme celles d'un travailleur manuel.

– Vous travaillez dans l'immobilier?

La jeune femme éclata de rire.

– Avec un grand-père comme le mien, il aurait été pure folie de se lancer dans autre chose. J'ai commencé par vendre des maisons, puis j'ai ouvert une agence où j'ai dirigé une équipe de trente commerciaux.

– Vous m'impressionnez.

– Cette expérience m'a beaucoup appris et m'a permis de m'initier au marketing.

Brendon approuva d'un signe de tête, tout en la regardant avec une franche admiration.

– Je comprends pourquoi Emerson attendait votre retour avec impatience.

Elle fixa ses mains, ne sachant expliquer d'où venait la chaleur qui l'envahissait. Était-ce le cocktail, ou bien le regard de cet homme? Leurs genoux se frôlèrent légèrement et lorsqu'elle leva la tête, leur yeux se croisèrent.

Le barman s'approcha avec un téléphone à la main.

– Mademoiselle McLean? Votre grand-père sur la ligne numéro 2.

– Merci.

– Savannah, s'excusa Emerson. Je regrette, mais je dois annuler notre rendez-vous. Frank

21

veut que je dîne avec lui pour discuter d'un problème important. Tu ne m'en veux pas trop?

Elle répondit en riant :

— Je crois que je pourrai rentrer à la maison toute seule.

— Très bien, mais sois prudente.

Il raccrocha.

— Votre chevalier servant ne vient plus? s'enquit Brendon en fronçant les sourcils.

— Non.

La jeune femme prit son verre à deux mains, le regard dans le vide, se sentant terriblement mal à l'aise.

— Dans ce cas, puis-je vous inviter à ma table?

Du bout des doigts, il effleura ses mains et un frisson de plaisir la parcourut.

Son cœur battit la chamade. Soudain, sa gorge devint sèche, mais elle mit cette sensation sur le compte de l'alcool.

— D'accord.

Tout en lui souriant, elle comprit à quel point la compagnie des gens de son âge lui avait manqué. Après tout, ils pouvaient peut-être devenir amis, éliminant du même coup le contentieux qui existait entre les deux hommes. L'avenir des deux sociétés valait bien cette tentative.

Brendon prit le bras de Savannah et suivit l'hôtesse jusqu'à leur table.

Il tira la chaise pour la laisser s'asseoir et s'installa à ses côtés. Elle aurait voulu le fasciner autant qu'il la fascinait.

Une fois leur commande passée, la jeune femme raconta en riant :

— A mon retour à Charleston, j'ai dévoré quatre portions de tarte au colibri l'une derrière l'autre. Les gens ont dû me prendre pour une folle, mais ce mélange d'ananas, de noix, de bananes et de fromage blanc me manquait tellement que je n'ai pas pu résister.

Brendon la dévisagea avec attention :

— Vous êtes revenue ici uniquement pour ce dessert ?

A cette question innocente, Savannah détourna les yeux et sa bonne humeur s'évanouit.

— J'ai divorcé il y a un an, avoua-t-elle. En fait, plus rien ne me retenait en Californie. Je me sentais mal à l'aise au milieu de nos amis qui étaient tous mariés. Au moins, ici, aucun souvenir ne revient me torturer.

— Combien de temps a duré votre mariage ?

— Cinq ans.

— Votre mari vous manque ?

Elle répondit en toute franchise :

— Je n'aime pas me retrouver seule le soir, mais je ne regrette pas nos scènes de ménage.

— Je n'aurais jamais dû vous poser cette question.

Instinctivement, elle posa la main sur la sienne et ce contact lui fit du bien.

— Et vous, monsieur Sloane, pour quelle raison avez-vous choisi la Caroline du Sud ?

— Appelez-moi Brendon.

Elle répéta son nom avec plaisir. Une sorte d'intimité naissait entre eux. Il reprit :

— La récession économique me donnait le choix

entre rester chez moi et me débattre avec des problèmes financiers ou partir vers un secteur d'activité florissant. J'ai opté pour la deuxième solution et voilà cinq ans que ça dure.

— Ce qui explique la raison pour laquelle je ne vous ai jamais rencontré. J'ai dû m'installer en Californie au moment où vous arriviez ici.

— Il ne fait aucun doute que je me serais souvenu de vous, déclara-t-il avec un large sourire.

Jusqu'à la fin du repas, ils échangèrent des banalités, puis Savannah le remercia pour cette agréable soirée.

— Il faut que je rentre, car une rude journée m'attend demain.

— Je vous accompagne jusqu'à votre voiture.

Soudain, elle appréhenda de se retrouver seule avec lui.

— Ne vous donnez pas cette peine. Je ne risque rien.

Mais il insista et elle s'inclina. Le parfum des camélias embaumait la nuit et le bras de Brendon effleurait son coude.

Arrivée devant sa Cadillac rouge, la jeune femme se retourna.

— Merci encore. Maintenant, je vous dois un repas.

En fait, elle avait surtout envie de le revoir.

— D'accord. Avez-vous un agenda chargé?

Elle songea aux nombreuses invitations qu'elle avait déclinées depuis son retour.

— En fait, j'ai passé le plus clair de mon temps à travailler.

— Vos anciens admirateurs ne viennent plus vous voir?

Elle secoua la tête.

Le moment fatidique approchait. Voilà si longtemps qu'elle n'avait eu de rendez-vous avec un homme...

Son compagnon sembla deviner sa nervosité et une vague de déception la submergea quand elle comprit qu'il ne l'embrasserait pas.

Avant de s'installer au volant, Savannah se retourna vers lui. Sans un mot, il la prit par les épaules et leurs bouches se rencontrèrent dans un baiser timide. Puis Brendon la serra contre lui.

Elle passa les bras autour de son cou et ils restèrent étroitement soudés l'un à l'autre.

— Bonne nuit, murmura-t-il.

La silhouette de Sloane disparut dans son rétroviseur. Longtemps après son retour chez elle, sa voix chaude et sensuelle résonnait encore à ses oreilles.

3

Le lendemain matin, Savannah se retrouva devant son grand-père assis derrière son bureau.

– Si tu veux que l'entreprise McLean prospère dans les dix prochaines années, il va falloir moderniser nos méthodes.

Emerson alluma un cigare imposant avant d'ajouter :

– J'ai examiné le planning des constructions avant ton arrivée, et nous avons de l'avance sur nos prévisions.

Le regard de la jeune femme croisa celui de son grand-père sans broncher.

– Ta conception du bâtiment date de plusieurs décennies. Aujourd'hui, tous les complexes prévoient un terrain de golf, des courts de tennis, un restaurant et un club-house.

– Mon enfant, dans le cas présent, nous bénéficions d'un site magnifique au bord de l'océan, situé à soixante kilomètres de Charleston. Nous avons choisi de ne pas défigurer ce lieu privilégié pour que chacun puisse profiter de cette vue unique.

— Grand-père, tu as créé cette entreprise à la force de ton poignet. Depuis un demi-siècle tu fabriques des habitations, des stations balnéaires, et des bureaux ultramodernes. Mais en ce qui concerne l'île Edisto, tu pouvais faire cent fois mieux. Si nous nous endormons sur nos lauriers, notre réputation va en pâtir.

— Et, bien évidemment, rétorqua Emerson, le regard amusé, tu as ton idée sur la question.

— Je veux réaliser une résidence spectaculaire car il faut soutenir la compétition avec la société Sloane, entre autres. Nous devons prouver la supériorité de nos compétences.

— Je t'écoute, l'encouragea son aïeul en s'enfonçant dans son fauteuil, les pieds sur le bureau.

— Il faut d'abord rebaptiser ce projet « Le Paradis », puis installer un club de gymnastique avec sauna et bain à remous, ainsi qu'un mini-centre commercial.

Des gestes enthousiastes appuyaient ses propos et elle tendit à son grand-père plans et devis.

— Je songe également à ajouter une piste cyclable, des terrains de tennis, un golf et un club-house.

— Eh bien! s'écria le vieil homme en levant les bras au ciel. Sais-tu seulement où tout ceci va nous entraîner?

— La banque accepte de financer les nouvelles structures à un taux modeste. Bien sûr ces modifications nous obligent à augmenter nos prix de vente d'environ dix pour cent. Mais cela en vaut la peine.

Emerson se pencha sur les plans de Savannah.

– Mon petit, tu m'impressionnes.

– Je souhaiterais également débloquer des crédits pour une campagne publicitaire de grande envergure.

La jeune femme reprit son souffle et poursuivit :

– N'oublions pas que la résidence Paradis se situe dans un lieu touristique de premier ordre. La majorité de nos clients sont des cadres supérieurs et de riches retraités qui ont envie de devenir propriétaires d'une maison en bord de mer.

– Tu commences à ressembler à Sloane, soupira son grand-père. Seulement ses techniques ne sont pas toujours couronnées de succès.

L'occasion se présentait de lui avouer qu'elle avait dîné avec leur concurrent la veille, mais elle préféra se taire.

Il empila les plans dans un coin de son bureau en expliquant :

– Je soumettrai ta proposition au conseil d'administration. S'ils acceptent, et je n'en doute pas un instant, tu auras carte blanche pour le budget.

– Je réclame aussi les pleins pouvoirs de décision pour ce projet.

– Tu l'as bien mérité.

– Merci, répondit Savannah.

Le moment lui semblant propice, elle ajouta :

– As-tu réfléchi à la personne qui te succédera à ta retraite ?

Emerson se leva de son fauteuil et fit les cent pas, les mains croisées dans le dos.

– Oui, mon petit. J'y ai mûrement songé. Je sais combien tu brigues ce poste, mais j'ai décidé de le confier à John Crawford.

Atterrée, la jeune femme demanda d'une voix cassée :

– Mais pourquoi? Je me crois aussi qualifiée que lui pour assumer cette responsabilité.

– Après l'année difficile que tu viens de passer, tu as besoin d'un peu plus de temps pour te stabiliser.

– Il n'y a pas que mon manque d'expérience professionnelle qui pèse dans la balance, n'est-ce pas?

Le vieil homme approuva d'un signe de tête et se rassit.

– Je sais que tu donnes le meilleur de toi-même dans ce métier, mais à ce jeu-là, j'ai perdu ma femme et ma fille. Voilà pourquoi je refuse que tu commettes la même erreur.

– Mais puisque c'est ce que je désire le plus au monde.

L'aïeul soupira :

– Tu as l'impression d'avoir la vie devant toi pour te remarier et avoir des enfants, mais le temps passe vite. Et sans t'en rendre compte, il sera trop tard.

Il tira sur son cigare avec nervosité avant d'ajouter :

– Je n'ai pas envie que tu te retrouves comme moi au bout de quarante ans, avec des remords pour seule compagnie. Mon désir le plus cher est que tu fondes une famille. Je sais que tu me prends pour un vieux bonhomme démodé, mais je te dis ce que j'ai sur le cœur.

Il arrivait parfois à la jeune femme de souhaiter la même chose.

– Un mari ne se trouve pas aussi facilement que tu l'imagines.

Savannah parlait d'une voix légèrement moqueuse, consciente des bonnes intentions qui animaient son grand-père. Il lui suffirait de le cajoler un peu car l'imminence de sa retraite redoublait ses inquiétudes.

– Voilà pourquoi tu dois t'amuser, reprit Emerson. Plus tu rencontreras d'hommes et plus tu auras l'occasion d'en trouver un à ton goût. En attendant, je t'offre le poste de vice-présidente où tu pourras déployer tes talents.

– Tu sembles oublier que j'ai déjà connu l'époque bénie du mariage.

– Rien ne t'empêche de recommencer.

Ils avaient déjà abordé ce sujet moult fois. Savannah serra les dents, jugeant le comportement de son grand-père parfaitement ridicule. Mais comment le lui faire comprendre?

Tout à coup, le portrait de Brendon Sloane se dessina dans son esprit, avec ses yeux espiègles, sa bouche sensuelle et ses cheveux en bataille. Elle se rappela sa silhouette élancée et son assurance, le contact de sa main chaude autour de sa taille et celui de ses lèvres fermes sur les siennes. Une idée germa dans sa tête.

– Si je me mariais avant que tu partes à la retraite, me laisserais-tu la direction de la société?

L'aïeul répondit avec un haussement d'épaules.

– Et bien, je crois que oui. Mais sincèrement, vu ton opinion du mariage, cela ne risque pas d'arriver de sitôt.

Un sourire énigmatique au coin des lèvres, elle répondit :

– Qui sait?

Savannah ne savait pas si la décision d'Emerson devait l'exaspérer ou l'amuser. De toute façon, elle devait à tout prix lui prouver son erreur. L'idée d'entamer une relation sérieuse, de préférence avec quelqu'un qui lui déplaise, lui parut la meilleure solution pour arriver à ses fins.

Mais Brendon accepterait-il de jouer le jeu? Elle devrait peser chaque mot pour exposer sa requête sans l'offenser. Et puis, comprendrait-il l'importance de sa motivation?

Décidant de battre le fer tant qu'il est chaud, elle annonça à sa secrétaire qu'elle ne reviendrait pas avant le lendemain.

Retrouver la trace de son futur complice ne se révéla pas une tâche aisée car il passait le plus clair de son temps sur les chantiers. Lorsqu'elle arriva au restaurant où il devait déjeuner, il était déjà parti. Alors, elle fixa un rendez-vous auprès de son assistante pour l'après-midi même.

Sur l'invitation de l'hôtesse d'accueil, la jeune femme patienta jusqu'à la fin de la réunion. Elle portait un corsage à col officier en soie rouge, une veste de velours noir et un kilt à carreaux rouges et noirs. Des bottes en daim sur des collants d'un noir mat complétaient sa tenue hivernale.

Elle s'efforçait d'afficher un calme olympien, mais au fond d'elle-même ce n'était qu'un paquet de nerfs.

Et si cet homme n'avait aucun sens de l'humour? Le dîner de la veille ne revêtait peut-être aucune importance à ses yeux? Ce baiser qui lui avait mis les sens à fleur de peau ne signifiait pas pour autant...

Brusquement, la porte du bureau s'ouvrit et Brendon apparut.

— Désolé de vous avoir fait attendre, s'excusa-t-il avec un sourire. Je vous en prie, donnez-vous la peine d'entrer.

Il lui paraissait plus grand que dans son souvenir, avec une carrure plus impressionnante. Son costume à rayures gris et bleu mettait en valeur sa silhouette élancée.

Savannah pénétra dans une pièce au décor ultramoderne, tapissée de papier couleur argent en harmonie avec la moquette bleu glacier. Devant un canapé de cuir blanc se trouvait une table basse en verre. Derrière le grand bureau en tek se dressaient des étagères futuristes.

La jeune femme s'assit tandis que Sloane s'installait sur le rebord du bureau.

— Avez-vous passé une bonne journée?

Devinait-il à quel point il lui plaisait? Ressentait-il la même attirance pour elle?

— J'ai été débordée, comme d'habitude, répondit-elle d'une voix posée.

— Moi de même.

Le regard de son interlocuteur s'attarda sur ses jambes croisées et elle tira sur sa jupe.

Brendon se pencha légèrement en avant tout en plissant des yeux.

— Maintenant, Savannah, expliquez-moi pourquoi vous m'avez cherché dans toute la ville?

4

L'ESPACE d'un instant, le courage l'abandonna et son plan lui parut insensé. Mais Brendon attendait son explication.

— En fait, je voulais vous inviter à dîner, réussit-elle à bredouiller.

Ne pouvant plus faire marche arrière, elle ajouta avec un sourire éclatant :

— Ce soir, si vous êtes disponible.

Sloane ouvrit de grands yeux et laissa peser un silence lourd de sous-entendus tout en la dévisageant.

— Vous pensez à un restaurant en particulier ? lui demanda-t-il sur un ton qui la fit frissonner. Ou bien avez-vous l'intention de me cuisiner un petit plat chez vous ?

Le rouge monta aux joues de la jeune femme. Ainsi, il s'imaginait qu'elle le draguait ! Il lui fallut des efforts surhumains pour ne pas succomber à la sensualité de cet homme, mais il paraissait insensé de jouer avec le feu, au risque de se brûler à sa virilité.

— Je trouvais plus simple de dîner au manoir.

– Avec Emerson?

– Pourquoi pas?

Cette invitation ne semblait pas le surprendre outre mesure, ce qui provoqua chez Savannah un léger malaise.

Brendon contourna son bureau et s'assit dans un fauteuil, d'où il la dévisagea.

– Vous n'avez pas dit à votre grand-père que nous avions dîné ensemble, pas vrai?

– En toute honnêteté, avoua-t-elle, je refuse de vous revoir en cachette.

Son interlocuteur resta immobile.

– Je n'aurais jamais cru que vous auriez besoin de moi pour lui expliquer notre rencontre accidentelle.

Il ne la quittait pas des yeux et malgré cela, Savannah ne parvenait pas à lire le fond de ses pensées.

– Je peux fort bien me débrouiller toute seule.

– Alors pourquoi tenez-vous tant à ce dîner?

La jeune femme remercia le ciel d'être assise car ses jambes n'auraient jamais pu la soutenir.

– J'avais promis de vous rendre votre invitation.

– Rien de plus?

Elle baissa son regard azuré.

– En fait, c'est un peu plus compliqué qu'il n'y paraît.

Elle se leva et se dirigea jusqu'à la baie vitrée. Même en plein hiver, Charleston restait une ville attrayante avec ses superbes villas et ses églises magnifiques, vestiges de la guerre de Sécession.

Apaisée par cette vue, elle décida alors de tout lui avouer.

— Voilà. Emerson ne me permettra jamais de devenir présidente de la société McLean. Il a la ferme conviction que la clef de mon bonheur passe par le rôle traditionnel d'épouse et de mère de famille. Mais je refuse de sacrifier mon métier, car il m'a donné la force de surmonter la tourmente de cette dernière année.

— Pourquoi devriez-vous y renoncer?

Brendon prit appui sur le rebord de la fenêtre. Il se tenait si près d'elle que le parfum provocant de son eau de toilette la submergea. Se souvenait-il de leur baiser?

En levant les yeux sur lui, elle remarqua une petite coupure due au rasage et eut envie d'y passer le doigt pour apaiser la douleur. Ce besoin instinctif de le réconforter la troubla encore plus que sa compagnie.

Elle mourait d'envie de se retrouver au creux de ses bras pour qu'il l'embrasse. Mais il lui fallait plus que cette simple étreinte. Il devait également la comprendre, et il en paraissait capable.

A ses côtés, Savannah se sentait fondre, incapable de résister à cet élan qui la poussait vers lui.

— Je ne saisis toujours pas la raison de cette invitation, déclara Brendon.

— Emerson m'a promis la présidence de sa société tôt ou tard. Lui et moi savons que j'ai les capacités requises mais il insiste pour que je trouve d'abord un mari. Bien sûr, j'ai tenté de lui exposer mon point de vue, mais sans aucun succès. Alors j'ai envie de lui jouer un tour à ma manière.

– A quoi pensez-vous? demanda-t-il d'une voix sèche.

Elle s'empressa de poursuivre:

– Je songeais à un homme qui déplairait à mon aïeul.

Malgré le sourire éblouissant de son interlocuteur, son regard restait impitoyable.

– Et après le scandale de l'autre jour, vous avez tout naturellement pensé à moi.

Savannah grinça des dents, comprenant sa maladresse.

– Je vous prie de m'excuser, si je vous ai blessé, mais...

– Je crois que vous avez exprimé vos intentions très clairement, l'interrompit Brendon.

Pourquoi avait-il besoin de se montrer sarcastique? Incapable de le quitter sur un malentendu, elle fit une nouvelle tentative.

– Je n'accepte pas de me voir refuser ce poste de présidente pour des raisons aussi machistes. Or, selon les statuts de la société, Emerson peut choisir qui bon lui semble.

– Et vous voudriez que je vous aide, conclut-il sur un ton réfrigérant.

La jeune femme étudia son visage impassible. A n'en pas douter, elle l'avait atteint dans son amour-propre.

– J'avais imaginé qu'après cette histoire, nous pourrions rester amis. Je vois que... je me suis trompée.

Sa voix se brisa.

Un sourire énigmatique illumina le visage de Sloane.

– Voilà peut-être l'occasion que j'attendais...

Savannah devinait les muscles tendus de ses cuisses à travers le tissu de son pantalon. Son veston ouvert dévoilait une taille fine sur un ventre parfait.

– Que se passera-t-il si votre plan n'aboutit pas? Vous avez vu comme moi la réaction d'Emerson lorsqu'il m'a découvert en votre compagnie.

– Je n'y avais pas songé, murmura la jeune femme en se mordant la lèvre inférieure. Mais il faut courir le risque.

– Dans ce cas!

Brendon retourna à son bureau et joua avec un presse-papiers.

– Une autre question se pose, dit-il, les yeux étincelants. Quel avantage trouverai-je dans cette histoire?

Elle le regarda avec gravité.

– Rassurez-vous, je compte vous rembourser sur le plan professionnel. Nous devrons bien sûr trouver un accord équitable.

Il abandonna son gadget pour retourner auprès de sa visiteuse.

– Femme jusqu'au bout des ongles, n'est-ce pas?

– Lorsque je veux quelque chose, je mets tout en œuvre pour l'obtenir.

« Du moins dans mon métier » poursuivit-elle en silence.

– Et si je vous demandais un mode de rétribution plus personnel, comment réagiriez-vous?

Le rouge monta aux joues de Savannah et un sourire désabusé lui déforma la bouche. Il ne réussirait pas à la mettre dans l'embarras.

– Dans ce cas, je devrais trouver une autre solution.

Il poussa un soupir tandis qu'une lueur énigmatique passait dans son regard.

– Après tout, pourquoi pas? Je dois un chien de ma chienne à Emerson McLean. Cependant, cette visite chez votre grand-père me paraît fort peu convaincante.

– Vous croyez qu'il ne tombera pas dans le piège? demanda-t-elle d'une voix évasive, hantée par le baiser de la veille.

A ce souvenir, un frisson la parcourut.

– Selon moi, vos chances de succès ne dépassent pas dix pour cent. Si nous parvenons à persuader votre aïeul du sérieux de notre liaison, la situation risque de basculer en votre faveur.

Savannah s'enfonça dans le fauteuil.

– Jusqu'à quel point faudra-t-il aller?

– Nous pourrions faire semblant d'être follement amoureux l'un de l'autre.

La jeune femme eut un rire nerveux. Aurait-il lu dans ses pensées? Elle se ressaisit au prix d'un effort surhumain.

– Mon grand-père n'y croira jamais.

– Nous gagnerons la partie.

Le regard de Brendon s'éclaira d'une lueur diabolique.

– Si vous désirez ce poste de présidente autant que vous le prétendez, vous accepterez de jouer le jeu.

Devant son scepticisme, la colère la gagna.

– Que proposez-vous?

Il esquissa un geste de la main.

– Des regards enflammés et des mots tendres chuchotés à l'oreille. Voyons, Savannah, faites preuve d'imagination. Si vous voulez arriver à vos fins, il va falloir rassembler toutes vos forces pour lui annoncer que vous aimez la pire des crapules qui existe.

– D'accord, mais nous ne pourrons pas jouer cette comédie trop longtemps. Inutile d'indisposer Emerson plus que nécessaire.

Lorsqu'il lui tendit la main pour l'aider à se lever, ses doigts caressèrent son poignet. La jeune femme frissonna à ce contact sensuel.

– Vous ne commencez pas un peu trop vite?

– Vous me paraissiez moins réticente hier soir, lui rappela son compagnon en la prenant dans ses bras.

Une main glissa sous son blazer pour enlacer sa taille et la serrer contre lui.

– Mais nous nous trouvons dans votre bureau, protesta Savannah qui luttait contre la vague de chaleur qui l'envahissait.

Instantanément, sa poitrine se durcit contre la dentelle du soutien-gorge et elle se demanda si on devinait ses bouts de seins sous la soie rouge de son corsage.

Brendon déposa un léger baiser sur le dos de sa main.

— Nous avons besoin de nous entraîner si nous voulons avoir l'air crédibles, murmura-t-il.

La jeune femme voulut mettre un terme à cette étreinte, mais ses membres refusèrent de lui obéir. Elle se méprisa pour cette faiblesse, mais c'était plus fort qu'elle.

— Ne vous inquiétez pas. Personne ne viendra nous déranger.

Il se redressa et plongea le regard dans ses yeux tout en dégrafant le col de son chemisier.

Elle manqua défaillir et son cœur battit à tout rompre. Il pencha son visage vers le sien et sa bouche resta en suspension au-dessus de la sienne. Savannah sentit ses dernières défenses l'abandonner. Puis se souvenant du lieu où elle se trouvait, elle plaça ses mains sur son torse comme un rempart :

— Mon grand-père nous attend. Enfin, je ne l'ai pas prévenu de votre présence.

— Tant mieux, murmura-t-il en concentrant toute son attention sur sa bouche.

Elle tourna brusquement la tête pour l'esquiver, mais il embrassa sa joue, provoquant un nouveau feu brûlant de sensations au fond de son être.

— Brendon...

Cette protestation ressemblait à une douce plainte.

Il souleva sa chevelure et sa bouche plongea dans son cou parfumé. Sa langue trouva le point sensible derrière l'oreille et elle frémit à nouveau.

— Nous aurons d'autant plus de succès si vous

41

arrivez en retard, décoiffée et les lèvres gonflées de baisers.

Sans la libérer, il recula pour mieux la contempler.

– Vous avez déjà pris quelques couleurs...

Pour l'empêcher de parler, il l'embrassa sur la bouche.

Savannah le repoussa sans grande conviction.

– Il faut que vous sachiez que je ne fais jamais rien à moitié. A la seconde où votre grand-père nous verra ensemble, il saura que vous avez rencontré l'homme de votre vie.

Elle ouvrit la bouche, mais sa réponse mourut sous un baiser ferme et tendre à la fois. Brendon l'embrassa comme s'il voulait la posséder. Sa première réaction fut de se laisser dominer et de s'abandonner au plaisir. Mais pour lui tout ceci n'était qu'un jeu.

– Arrêtez!

– Pourquoi?

– Parce que je dois garder les idées claires.

Elle serra les poings contre son torse, mais ce qui devait ressembler à un geste de défense prit des allures de caresse.

Le regard de son compagnon s'attarda sur sa bouche, puis il plongea dans ses yeux étincelants de colère.

– Et moi qui vous prenais pour une aventurière!

Tout en la tenant par la main, il effleura du doigt le contour de sa lèvre inférieure. Elle voulait se libérer de cette douce torpeur qui l'envahissait.

42

– Qu'avez-vous fait de votre audace?

Il frotta sa bouche dans sa chevelure tandis que ses mains se frayaient un passage sous son corsage. Les efforts de Savannah pour se soustraire à cette exploration ne réussirent qu'à durcir davantage le bout de ses seins.

– Oui, mais vous n'aviez pas encore commencé vos travaux pratiques, murmura la jeune femme, haletante.

Ses lèvres brûlantes lui dévoraient le lobe de l'oreille. Elle tourna la tête, mais ce mouvement facilita l'accès à sa nuque. Et elle laissa échapper une plainte de plaisir.

– J'aime l'odeur de votre peau.

Sa bouche continuait de torturer son décolleté.

– Brendon, je vous en prie. Arrêtez.

– Rien qu'un petit baiser, et je vous laisse partir.

La jeune femme redressa la tête et elle lut dans son regard une expression de défi.

– Et si je refusais?

Il eut un sourire irrésistible :

– Franchement, je pourrais vous embrasser toute la journée.

Elle ne sut si elle devait le battre ou se soumettre à sa volonté, tout en devinant ce qui lui procurerait le plus de plaisir. Il lui fallait également éviter d'attirer l'attention d'un bureau en quête de potins.

– Très bien, mais n'oubliez pas que j'agis dans l'intérêt de notre accord.

Elle refusa d'entendre la petite voix intérieure qui lui soufflait qu'elle en mourait d'envie.

– J'admire votre sens du sacrifice, répondit-il avec une moue moqueuse.

– Je n'ai rien de ces midinettes qui tombent en pâmoison devant le premier venu.

Il la serra contre lui au point que leurs deux corps se retrouvèrent soudés l'un à l'autre.

– J'ai très bien compris vos motivations profondes, railla-t-il.

Il accentua son étreinte pour éveiller ses sens.

– Maintenant, montrez-moi comment vous excellez dans l'art de feindre la passion. Parce que si vous ne réussissez pas à m'embrasser avec ardeur, nous ne duperons pas votre grand-père. Et je n'aime pas perdre.

Elle dut se dresser sur la pointe des pieds pour atteindre sa bouche et passer les doigts autour de son cou.

Il resta impassible, presque indifférent, tandis qu'elle dessinait le contour de ses lèvres du bout des siennes. Excédée, elle éprouva le besoin de balayer son prétendu manque d'intérêt. Son baiser devint passionné et provocant. Lorsqu'il se contracta légèrement, elle força le passage et leurs langues se mêlèrent avec volupté.

– Savannah, mumura-t-il en la prenant dans ses bras.

Alors il capitula en gémissant et laissa courir ses mains le long de ses hanches, de ses épaules et de sa taille. Il imposa son rythme pour l'inciter à s'abandonner.

Ayant besoin de reprendre leur souffle, leurs bouches se détachèrent mais il continua de la couvrir de baisers. Puis il enfouit le visage dans son cou. Même si cette réaction répondait à son attente, elle n'avait pas prévu ce désir enflammé.

Brendon la considéra longuement.

— Je crois qu'Emerson McLean a du souci à se faire. Vous êtes une femme fantastique.

5

CHACUN se rendit au manoir d'Emerson dans sa propre voiture. Savannah prit la tête et Brendon la suivit dans son coupé Mercedes blanc. Ses avances l'avaient surprise, mais elle en éprouvait une certaine satisfaction.

Il gara sa voiture derrière la sienne dans l'allée bordée d'arbres centenaires. Ils marchèrent côte à côte vers l'imposante villa de quatre étages qui donnait sur la rivière Cooper.

Sloane lui prit le bras.

— Vous vous sentez nerveuse?

— Oui, reconnut-elle en pensant à tout ce qui était en jeu.

— Ne cédez pas à la panique et fiez-vous à votre instinct. Prenez cette histoire comme une partie de poker que nous allons remporter haut la main. Il ne vous reste qu'à bluffer pour réussir.

Le valet d'Emerson ouvrit la porte.

— Votre grand-père vous attend dans le salon, déclara le domestique tout en gratifiant le nouveau venu d'un large sourire. Dois-je le prévenir de votre arrivée?

— Mademoiselle préfère lui réserver la surprise, objecta Brendon.

Ils traversèrent le hall recouvert de tapis d'Orient. Les doubles battants de la porte étaient ouverts, laissant entrevoir des tentures en brocart de soie pourpre. Une étoffe assortie tapissait les murs et les fauteuils Louis XVI. Des tableaux représentant des scènes de chasse du XIXᵉ siècle décoraient la pièce et un gigantesque miroir doré à la feuille d'or trônait près de la porte-fenêtre. Emerson leur tournait le dos, un verre à la main, absorbé dans une conversation téléphonique.

Brendon déposa un baiser sur la main de Savannah tout en lui confiant :

— Connaissant l'opinion de votre grand-père à mon sujet, je n'aurais jamais imaginé me retrouver un jour ici.

Le vieil homme raccrocha le combiné. Lorsqu'il se retourna pour accueillir sa petite-fille, il resta bouche bée. Un silence interminable et pesant s'ensuivit. Puis il se redressa de toute sa hauteur :

— Mon enfant, je me demandais ce que tu faisais.

— Grand-père, je me suis permise d'inviter monsieur Sloane à se joindre à nous, car j'ai pensé que tu aimerais rencontrer mon prétendant.

L'orage qu'elle attendait n'éclata pas, ce qu'expliquaient peut-être la bonne éducation de son aïeul et la légendaire hospitalité sudiste. La soirée s'annonçait assommante.

Mais son compagnon passa à l'attaque :

— Je ne saurai jamais pourquoi les Sudistes ont la manie de l'hypocrisie.

– On appelle cela les « bonnes manières », mon garçon.

– Voyons, laissez-vous aller et dites-nous franchement ce que vous pensez du choix de votre petite-fille.

– Ce serait avec le plus grand plaisir, répondit Emerson, mais la présence d'une femme parmi nous me l'interdit.

– Arrêtez un peu, les interrompit Savannah en s'interposant entre les deux hommes.

– Pourquoi as-tu amené ce voyou sous mon toit ?

Brendon repoussa la jeune femme pour intervenir, mais elle l'arrêta à temps.

– Au cas où tu ne l'aurais pas remarqué, mon grand-père fait l'effort de se montrer poli.

Il afficha aussitôt un air contrit.

– Je te prie de m'excuser. Nous n'allons pas nous disputer, surtout pas le soir d'une si grande nouvelle.

Emerson lança à sa petite-fille un regard lourd de reproches.

– Je vais tout t'expliquer, lança celle-ci d'une voix chevrotante.

– Ce n'est pas à toi de le faire, enchaîna Brendon en la prenant par les épaules. Je l'ai accompagnée pour vous avouer notre liaison.

Savannah chancela sur ses jambes, car elle ne s'attendait pas à une déclaration aussi directe. Tout en la tenant par la taille, il la força à le regarder.

– Ça va aller, chérie. Ton grand-père comprendra quand nous lui aurons dit que nous nous aimons.

Il avait délibérément choisi ses mots. C'est bien lui qui conseillait de bluffer pour réussir? Mais pourquoi persister? Son aïeul venait de recevoir un choc suffisamment fort pour consentir, une fois remis de ses émotions, à lui offrir la présidence de la société.

— Mon enfant, demanda Emerson d'une voix sévère, s'agit-il d'une mauvaise plaisanterie?

— Nous n'avons jamais été plus sérieux, coupa Brendon sur le même ton. A la seconde où je l'ai vue, j'ai su que j'avais affaire à un être exceptionnel.

Il lui adressa un coup d'œil attendri avant de poursuivre :

— Voilà pourquoi j'ai décidé de lui demander de devenir ma femme.

« Sa femme! ». Ce mot résonna dans la tête de Savannah. Il poussait les choses un peu trop loin, au risque de tout mettre en péril. Son grand-père parut tout aussi stupéfait.

Elle décocha un regard sombre à son compagnon :

— Chéri...

— Je sais, mon cœur, mais il vaut mieux jouer cartes sur table.

Son regard insistant la tenait sous son charme. Que mijotait-il encore?

— Mon petit, est-ce vrai?

Elle resta muette, ne sachant s'il fallait tout avouer ou se cacher dans un trou de souris. Elle finit par dire dans un souffle :

— Crois-moi, grand-père, je ne pensais pas que ça deviendrait aussi sérieux.

— Nous aimerions votre consentement, intervint Brendon.

Emerson se dirigea vers le bar pour se verser un grand verre de whisky puis il les contempla tour à tour sans un mot, le visage impassible.

— Bien sûr, si vous vous fréquentez...

— Nous avions l'intention de vous en parler, renchérit Sloane.

Il se comportait avec une aisance hallucinante, enlaçant Savannah par la taille pour la serrer contre lui. Elle se sentit piégée par cette main de fer dans un gant de velours qui ne permettait pas la moindre résistance.

— Fiez-vous à moi, lui chuchota-t-il à l'oreille. Je sais ce que je fais.

Du bout des lèvres, il effleura sa tempe.

— Grand-père, avoue que tu n'approuves pas mon choix.

— Je le reconnais, confessa son aïeul, l'œil rivé au fond de son verre.

— En outre, poursuivit la jeune femme, cette hostilité marquée ne sert pas la réputation de vos sociétés respectives.

Le vieil homme les considéra avec inquiétude, puis il dévisagea sa petite-fille.

— Je sais bien que je t'ai demandé de recommencer à sortir, mais de là à...

— Je n'ai fait que suivre tes conseils, se justifia Savannah.

Sloane vint à son secours :

– En fait, nous ne nous sommes montrés qu'une ou deux fois en public. Par exemple, ce fameux soir au restaurant...

Son sourire laissait sous-entendre qu'ils ne s'étaient pas contentés d'un simple dîner.

À cette allusion, Emerson pâlit :

– Tu as vraiment une liaison avec cet homme ?

– Oui, répondit-elle avec un sourire crispé tandis que les mains de Brendon couraient sur ses bras, provoquant des frissons difficiles à réprimer.

Agacée de voir qu'il tentait de prendre le contrôle de sa machination, elle se dégagea de son étreinte.

Le vieil homme toussota avant de déclarer :

– Dans l'état actuel des choses, un mariage me semble prématuré.

Savannah saisit l'occasion pour essayer de lui faire comprendre à quel point les conditions qu'il lui imposait pour obtenir la présidence de la société étaient irrationnelles :

– Tu as raison. J'ai divorcé il y a à peine un an. Mais je ne peux gâcher les meilleures années de ma vie, et si je veux avoir des enfants...

– Inutile de te précipiter.

– Ah non ? L'autre jour, tu prétendais exactement le contraire.

– Eh bien, je me trompais, rétorqua l'aïeul avec exaspération.

– Pourquoi ne te tromperais-tu pas pour le choix de ton successeur à la présidence de la société ?

L'expression de son grand-père changea immédiatement. Il retourna près de la fenêtre et elle sut que les choses ne prenaient pas la tournure attendue. Seigneur! Que faire?

— Très bien, chérie, reprit enfin Emerson en se retournant sur le couple avec un sourire de défi. Je sais reconnaître mes défaites. Si tu tiens à épouser Brendon, pourquoi ne pas fixer dès maintenant la date du mariage?

Comme dans un cauchemar, Savannah eut l'impression que la plaisanterie se retournait contre elle. Il lui paraissait impossible d'avouer la vérité sans provoquer de plus amples dégâts.

Comme s'il devinait son désarroi, le vieil homme renchérit:

— Pourquoi ne pas commencer par célébrer vos fiançailles?

Aidant sa compagne à s'asseoir, Sloane prit la parole:

— Emerson, je dois admettre que vous nous prenez par surprise. Nous ne nous attendions pas à ce que vous nous donniez si vite votre bénédiction.

— Maintenant que j'ai accepté cette idée, commenta le grand-père, autant officialiser les choses.

La jeune femme réussit à sourire:

— Je ne me sens pas prête pour fixer une date tout de suite.

Si son grand-père s'imaginait qu'elle allait s'avouer vaincue, il commettait une grossière erreur.

Celui-ci insista:

– J'ai toujours pensé que ma petite-fille ferait une superbe mariée printanière. Je sais qu'il s'agit d'un remariage, mais je maintiens que le blanc t'irait à ravir.

C'en était trop. La jeune femme se leva, prête à passer à des aveux complets. Mais avant qu'elle ait eu le temps de prononcer un mot, Brendon lui tendit un verre en lui chuchotant à l'oreille :

– Si vous racontez tout maintenant, je veillerai moi-même à ce que vous n'obteniez jamais ce que vous souhaitez.

Cette volonté de fer qui se dissimulait derrière le son doucereux de sa voix la pétrifia. Que diable lui prenait-il ?

Emerson les observait tous deux avec intérêt.

– Vous ne ferez jamais ça, rétorqua-t-elle en lui tournant le dos.

Les dents serrées, son prétendant répondit :

– Oh si !

Lui réservait-il une botte secrète ? Ce qui expliquerait cet entêtement pour jouer le jeu jusqu'au bout...

Espérant sauvegarder ce qui lui restait de contenance, elle s'adressa à son grand-père :

– En toute sincérité, les détails de ce mariage ne m'intéressent guère. Je me préoccupe beaucoup plus de la personne que tu vas nommer à la présidence de la société McLean. Je te rappelle que je tiens à ce poste, plus que jamais. Or, puisque je viens de t'annoncer mon intention de me marier, mon nom devrait figurer sur ta liste.

A l'instant même où il lui offrirait cette fonction

prestigieuse, elle avouerait toute la vérité, en dépit des menaces de Brendon.

Emerson grinça des dents en croisant les bras.

– Tu le veux vraiment?

– Je ferais n'importe quoi pour l'obtenir.

L'aïeul eut un sourire désabusé :

– Très bien, tu as gagné. Mais je te préviens, je ne te faciliterai pas la tâche. Il va falloir devenir un exemple de stabilité, également dans ta vie privée. Et j'exige que le projet Paradis soit un succès.

– Je te remercie, dit-elle avec un soupir de soulagement. Tu ne le regretteras pas.

Maintenant, il ne lui restait plus qu'à lui révéler sa mise en scène, ce qui ne manquerait pas de le faire éclater de rire, et tout se terminerait dans la bonne humeur.

– Attends, reprit le grand-père avec un sourire diabolique, je n'ai pas encore terminé. Puisque vous avez tous deux réussi à me convaincre de la passion qui vous anime l'un pour l'autre, je pose une nouvelle condition.

– De quoi s'agit-il? s'enquit Savannah, la gorge serrée.

– Je tiens à ce que ton mariage ait lieu avant mon départ à la retraite.

Un silence de mort s'abattit sur le trio.

– Si tu ne remplis pas toutes les conditions requises, je te promets la vice-présidence et un siège au conseil d'administration.

La jeune femme se jura, mais un peu tard, de ne jamais recommencer une telle plaisanterie.

Visiblement satisfait de cette conversation, Emerson reprit la parole :

– Maintenant, si vous voulez bien m'excuser, j'attends des invités et je voudrais me changer pour les accueillir. Mon enfant, acceptes-tu de te joindre à nous avec ton fiancé?

Brendon intervint :

– Nous vous remercions, monsieur, mais nous devons malheureusement refuser votre invitation, puisque nous avons des détails importants à mettre au point.

– Dans ce cas, à demain. Je t'accompagnerai au bureau, ainsi nous pourrons parler de ton mariage.

Une fois seuls, ils se regardèrent en silence.

– Eh bien, finit par dire Savannah, ça m'apprendra à vouloir lui forcer la main.

Non seulement Emerson avait percé son bluff à jour, mais encore il venait de lui administrer une leçon qu'elle n'oublierait pas de sitôt.

– Il ne faut jamais vendre la peau de l'ours avant de l'avoir tué, rappela Sloane, l'œil dans le vide.

Un sourire désabusé étira ses lèvres.

Réprimant l'envie de lui taper dessus, la jeune femme rétorqua sur un ton sarcastique.

– Je ne vous savais pas aussi beau joueur!

Comment osait-il afficher un tel calme après ce qui venait de se passer?

– Il y a toujours le revers de la médaille.

– Vous ne renoncez donc jamais?

– Seulement quand je l'ai décidé, rectifia-t-il en éclatant de rire.

Il lui prit le bras, mais elle recula, furieuse.

— Maintenant, vous avez besoin d'un bon dîner. Lorsque vous aurez réussi à vous détendre un peu, vous verrez peut-être la situation sous un jour différent.

— Et alors? rétorqua Savannah avec mépris. J'accepterai de vous épouser pour devenir présidente? Non, merci bien.

Elle ouvrit la porte du salon et sortit. Brendon la suivit, les mains dans les poches. Une fois dans l'allée, elle explosa :

— Laissez-moi en paix!

— Pour que vous crachiez la vérité à la première occasion? Pas question! Vous venez avec moi.

Personne n'avait à lui donner des ordres! Comme elle refusait d'avancer, il lui lança un regard furieux.

— Je n'irai nulle part avec vous, marmonna-t-elle entre ses dents.

Il haussa les épaules.

— Parfait. Dans ce cas, nous allons dîner avec Emerson, ce qui ne devrait pas manquer de piquant.

Elle l'en savait parfaitement capable. Cependant, elle s'obstina.

Il leva les yeux au ciel et se mit à faire les cent pas. Puis il regarda le pavillon protégé par une haie d'arbres et des massifs de camélias.

— Vous habitez ici?

— Oui.

Savannah refusait de ravaler sa fureur — sa

meilleure défense, selon elle. En fait, elle se savait aussi responsable que lui de la situation délicate dans laquelle ils se trouvaient. Elle ajouta d'une voix cinglante :

— Je bénéficie d'une paix royale!

— Pas mal pour une vieille fille.

— Avez-vous bientôt fini?

A la façon dont il la considérait, elle devina qu'il prenait un malin plaisir à sa colère.

— J'ignore la raison de votre fureur à mon égard. J'ai pourtant fait tout ce que vous souhaitiez.

— Je ne vous en demandais pas tant! Inutile de vous dire que vous avez dépassé le cadre de notre accord.

Il fallait qu'il parte au plus vite.

— A cause de vous, Emerson croit que vous voulez m'épouser.

— C'est peut-être vrai.

Il avait pris un ton énigmatique. Elle le regarda, interdite. Lorsqu'il fronça des sourcils avec un large sourire, elle sut qu'il plaisantait.

— Arrêtez de vous moquer de moi! Si vous n'aviez pas raconté que vous aviez l'intention de faire de moi votre femme, nous n'en serions pas là.

— Si vous tenez à me jeter la pierre, alors reprenons les choses depuis votre visite dans mon bureau. De plus, si vous n'aviez pas pris cet air de chien battu devant votre grand-père, nous n'aurions même pas eu besoin de parler mariage. Je n'ai pas trouvé meilleur argument pour le convaincre de la véracité de nos propos. Après tout, vous avez atteint votre but, non?

– Pour cela, nous avons réussi, fulmina Savannah, et il n'a pas changé d'avis.

Brendon éclata d'un petit rire narquois, au point qu'elle eut envie de le gifler.

Il prit une voix câline :

– Voyons, montrez-vous un peu raisonnable. Nous avons besoin de parler. Et ce jardin ne me paraît pas l'endroit idéal.

La jeune femme jeta un œil en direction des fenêtres du manoir. Il avait raison. On pouvait les voir ou surprendre leur conversation.

– Acceptez de dîner avec moi, la pria-t-il.

Elle détourna la tête, exaspérée et troublée à la fois.

– Que cela vous plaise ou non, nous sommes tous les deux dans la même galère.

Pourquoi se montrait-il aussi raisonnable? Tout serait si simple si elle pouvait rester fâchée contre lui.

– Effectivement, une discussion s'impose.

Brendon lui prit le bras et la conduisit jusqu'à la Mercedes.

– Prenons ma voiture. Vous n'êtes pas en état de conduire. Je promets de vous ramener de bonne heure.

Au moment de démarrer, elle annonça :

– C'est moi qui paie le repas.

– Si cela ne vous dérange pas trop, coupa Brendon, j'aimerais aller chez moi. Je préfère ne pas courir le risque qu'on puisse nous écouter, du moins tant que nous n'aurons pas trouvé une solution pour nous sortir de cette impasse et sans pour autant vous faire perdre le poste que vous briguez. Vous m'inviterez une autre fois.

Savannah ne protesta pas. En d'autres temps, elle aurait refusé, mais les circonstances n'avaient rien d'habituel.

— D'accord, dit-elle, prise au piège, mais je ne voudrais pas que cette soirée s'éternise trop.

Il eut un sourire malicieux.

— Vous avez peur de rester seule avec moi?

Elle prit sur elle pour ne pas s'emporter.

— J'ai beaucoup de travail demain, rien de plus.

Et puis, cette mauvaise plaisanterie devait se terminer au plus vite.

— C'est le projet Paradis qui vous absorbe à ce point?

— Oui! répondit la jeune femme de façon évasive, absorbée par la triple condition exigée par son grand-père pour décrocher la présidence.

Brendon se gara devant sa maison en briques rouges et blanches, de style colonial à deux étages. L'intérieur était aussi luxueux que son bureau, mais avec une décoration plus classique et typiquement masculine. Une propreté impeccable régnait dans toute la villa. Le canapé en cuir, les fauteuils assortis, les meubles en chêne et les étagères croulant sous les livres trahissaient le goût du maître de céans.

— Votre demeure me plaît, déclara Savannah. C'est vous qui l'avez décorée?

— Oui.

59

– Et votre bureau aussi? insista-t-elle en faisant le tour de la pièce pour éviter de rester trop près de lui.

– J'ai engagé un professionnel.

Sans la quitter des yeux, il s'approcha et la prit par la taille.

– Où va votre préférence?

– Ici.

– Moi aussi.

Mal à l'aise sous ce regard insistant, la jeune femme se dirigea vers la bibliothèque. A en juger par son contenu, il avait passé le plus clair de son temps à étudier. Mais quelques romans traînaient parmi les traités spécialisés et les codes juridiques.

Brendon l'observa quelques minutes puis décrocha le téléphone pour commander un panier-repas chez le traiteur du coin.

– Je vous en prie, faites comme chez vous. Vous trouverez des boissons dans le réfrigérateur. Je monte au premier passer un coup de fil urgent.

Il revint au bout de dix minutes, vêtu d'un pull et d'un jean écru. Elle se sentit troublée quand il s'assit à ses côtés. Rasé de près, il sentait bon l'eau de toilette. Avait-il réellement l'intention de la séduire ou s'agissait-il d'un effet de son imagination?

– Notre dîner ne devrait plus tarder, annonça-t-il. Voulez-vous que je fasse un feu de cheminée?

– Comme il vous plaira, rétorqua la jeune femme d'une voix cassante.

Elle le regarda jeter du papier et des bûches,

craquer une allumette et attiser la flamme. Puis il créa une ambiance musicale. La situation lui parut de plus en plus équivoque et l'humeur décontractée de son hôte amplifia la vague de panique qui l'assaillait. Le canapé devenait trop confortable, trop moelleux, trop parfait pour de tendres ébats. De plus, cet homme était terriblement séduisant et trop sensuel. Saurait-elle résister à la tentation?

Une partie d'elle-même avait envie de lui appartenir. Mais l'autre craignait de ne pas se montrer à la hauteur. Il était beaucoup trop tôt pour envisager une telle intimité et elle ne voulait pas faire l'amour sur un coup de tête. En fait, elle n'avait jamais eu d'autre partenaire que son mari.

Cependant ses pensées s'attardaient sur ce torse musclé qui se devinait sous le pull et sur ses hanches étroites. Qu'éprouverait-elle au contact de ce corps sur le sien? Comment la caresserait-il?

Soudain, la musique rock résonna dans le salon et Savannah se détendit car ces rythmes endiablés n'avaient rien d'approprié pour une scène de charme.

– Tenez, lui dit Brendon en lui lançant une nappe et un paquet de serviettes qu'il sortit du bahut. Rendez-vous utile et étalez ceci devant la cheminée.

Sans un mot, il recula du genou la table du salon et jeta les coussins par terre. Lorsque la sonnette de la porte d'entrée retentit, son œil s'alluma :

– Voilà le dîner.

Il réapparut avec un panier en buis à bout de bras. Il en sortit du poulet rôti, une baguette croustillante, un morceau de brie et des fruits. Sloane ouvrit la bouteille de vin tandis que la jeune femme découpait la volaille, tout en repensant aux événements de la soirée.

– Je vous trouve bien lugubre, déclara son hôte.

– Je songeais à mes chances de décrocher la présidence qui me paraissent plus minimes que jamais. Mon grand-père sait fort bien que je n'épouserai personne avant un certain temps.

– Votre première expérience fut donc si pénible?

Elle eut un soupir de lassitude. Le feu, le repas et sa présence l'incitaient à la confidence.

– Si vous m'aviez posé cette question le jour où j'ai épousé Keith, je vous aurais juré mes grands dieux que notre couple allait durer jusqu'à ce que la mort nous sépare. Mais maintenant, quand j'y pense, je ne revois que nos scènes de ménage.

– A quel sujet vous disputiez-vous?

La jeune femme haussa les épaules, l'œil rivé sur la cheminée.

– La plupart du temps à propos de ma carrière. Lorsque j'ai commencé à m'affirmer, mon mari ne l'a pas supporté et m'a rendu la vie impossible. Il critiquait sans cesse tout ce que je faisais dans la maison.

Savannah tenta de garder une voix posée.

– Je ne sais pas cuisiner, avoua-t-elle avec un

éclat de rire inattendu. Et ce sujet devint crucial. Puis nous avons fini par nous séparer.

Sans pouvoir les refouler, les larmes lui montèrent aux yeux et elle les essuya d'un geste brusque.

– Je vous prie de m'excuser, déclara son compagnon en lui frôlant l'épaule.

Elle posa la main sur la sienne puis la retira vivement, ne voulant pas de sa pitié.

– Tout ceci appartient au passé et il me reste mon travail.

– Ce qui explique pourquoi vous tenez tant à prendre la succession de votre grand-père.

Brendon lui glissa un grain de raisin dans la bouche, qu'elle attrapa du bout des dents. Mais les lèvres chaudes de la jeune femme se refermèrent par hasard sur ses doigts. Il prolongea ce contact sensuel et une expression nouvelle passa dans ses yeux.

Savannah observait le jeu des flammes sur son visage, tandis qu'il contemplait l'arrondi de sa poitrine avant de plonger son regard dans le sien, cherchant à l'hypnotiser. Comment avait-elle pu accepter qu'une simple plaisanterie prenne une tournure si équivoque?

– Je parlerai à mon grand-père demain.

– Regardez les choses en face. Vous ne pouvez pas lui avouer la vérité sans risquer de passer pour indécise et frivole, ce qui remet en cause votre crédibilité. Or, une femme d'affaires ne peut faire naître le moindre doute à ce sujet.

– Vous avez raison.

– En outre, n'oubliez pas que vous mettez également ma réputation en jeu. Si Emerson ou son valet venaient à parler des événements de ce soir, la nouvelle ferait rapidement le tour de la ville.

– Je n'aurais jamais dû vous entraîner dans cette histoire, soupira-t-elle, découragée.

– Oui, s'impatienta son hôte, mais maintenant la question ne se pose plus, parce que la partie de poker ne fait que commencer.

Elle le considéra avec surprise. Il ne pouvait espérer que cette situation s'éternise.

– Il faudra bien dire la vérité tôt ou tard. Nous n'avons pas le choix.

– Nous n'allons rien confesser du tout, trancha-t-il d'une voix qui tomba comme un couperet.

Il l'aida à se relever.

– Personnellement, l'idée que ma future femme devienne présidente de la société McLean ne me déplaît pas, du moins en théorie. Il faut bien avouer que cette nouvelle va avoir l'effet d'une bombe pour les gens de la région. Ils ont déjà eu du mal à m'accepter et à reconnaître mes mérites. Alors...

Savannah l'interrompit :

– Si je comprends bien, vous avez l'intention de profiter de notre prétendue liaison pour vous élever dans la hiérarchie sociale ?

Brendon s'installa sur le canapé et prit le temps de caler un coussin derrière son dos. Elle prit place dans le fauteuil face à lui et croisa les jambes en tirant sur sa jupe.

– Pourquoi pas ? répondit-il. Vous vous servez bien de moi.

Un vent de panique souffla dans sa tête, mais elle s'efforça de garder son calme. Visiblement, il ne lui pardonnait pas sa maladresse de l'après-midi.

– Je me suis adressée à vous uniquement parce que je vous considérais comme un ami.

– Eh bien maintenant, c'est à mon tour de vous demander un service.

Il l'étudia longuement avant d'ajouter :

– Que savez-vous du projet Paradis ?

– Pas grand-chose, répondit Savannah, déroutée par ce changement brutal de conversation. A mon retour à Charleston, le terrain avait déjà été acheté et la plupart des fondations construites.

– Et Emerson ne vous en a jamais parlé, insista son hôte qui jouait des doigts sur l'accoudoir.

– Non.

– Alors, il me paraît grand temps que l'on vous révèle certains détails :

Il se mit à arpenter la pièce.

– Il faut reconnaître que depuis cinq ans nos deux entreprises se livrent une concurrence sans pitié. Le dernier affrontement en date concerne justement le Paradis. C'est moi qui en ai eu l'idée, qui ai convaincu les propriétaires de vendre leur terrain et qui ai effectué toutes les démarches nécessaires. Au moment de décrocher le contrat, la banque m'a tout à coup retiré les crédits et Emerson en a profité pour acheter les terres avant que j'aie eu le temps de me retourner. Il ne peut s'agir d'une coïncidence, quand on connaît les relations de votre grand-père.

Brendon s'arrêta de faire les cent pas pour mieux la regarder.

– Bien sûr, depuis plus d'un mois, je ne cache pas que l'existence de cette petite-fille m'intrigue, puisque tout le monde parle de votre intention de succéder à Emerson. Je reconnais avoir eu l'idée de sortir avec vous pour essayer de mieux cerner votre personnalité, voilà pourquoi je vous ai suivie jusqu'aux toilettes. Mais je ne m'attendais pas à ce que vous débarquiez dans mon bureau avec un plan aussi machiavélique.

La jeune femme avait la gorge nouée par la peur. Cette révélation inattendue compliquait davantage la situation. En fait, en s'adressant à lui, elle s'était jetée sans le savoir dans la gueule du loup. Et voilà qu'il réclamait justice pour une affaire qui ne la regardait pas.

Il avait les traits tirés par la colère et s'il disait vrai, sa fureur se justifiait pleinement. Mais cela ne lui donnait pas le droit de se servir d'elle.

Savannah se leva.

– Que voulez-vous de moi?

Il lui sourit tout en la considérant de pied en cape.

– Je veux rendre à Emerson la monnaie de sa pièce en lui faisant croire que nous avons la ferme intention de nous marier.

6

– VOUS n'espérez quand même pas que j'accepte? protesta Savannah.

Brendon la gratifia d'un sourire complaisant.

– Mais c'est pourtant bien votre idée de départ.

– J'ai commis une grave erreur, répondit-elle d'une voix grinçante.

Elle ramassa son sac et se dirigea vers la porte, mais Sloane la devança pour l'empêcher de sortir.

– Il faut que vous vous mettiez bien dans la tête que je vais jusqu'au bout de tout ce que j'entreprends. Et dans cette affaire, vous êtes engagée comme moi.

– Eh bien, j'ai une nouvelle à vous annoncer, hurla la jeune femme. J'abandonne.

– Songez un peu à ce que la ville racontera sur moi si l'on vient à apprendre que vous m'avez choisi comme un chien dans une vitrine!

– Je m'en moque complètement.

D'un geste brusque, elle s'acharna sur la porte, mais en vain puisque son interlocuteur appuyait dessus de tout son poids.

– Vous avez fini ce cinéma?

Haïssant son air suffisant, Savannah ne put réprimer un juron. Puis d'une voix calme, elle demanda :

– L'idée de poursuivre notre liaison dans des conditions si grotesques ne vous gêne pas?

Le sourire irrésistible de Brendon découvrit ses dents superbes.

– J'y trouve même quelques avantages, et celui de rester seul en votre compagnie ne me paraît pas des moindres.

Elle tira à nouveau sur la porte d'un coup sec, mais ses efforts pour fuir échouèrent lamentablement. En notant l'expression faussement chagrinée de son compagnon, elle déclara d'une voix à peine audible :

– Mon grand-père avait raison. Vous n'êtes qu'une crapule.

Il éclata de rire :

– Oui, mais une crapule qui a pris grand plaisir à vous embrasser cet après-midi et qui ne demande qu'à recommencer.

Elle eut un rire nerveux.

– Je ne voudrais pas de vous, même sur une île déserte.

Malheureusement, son insulte eut l'effet d'un défi.

– En ce qui concerne l'affaire qui nous préoccupe, dit Brendon en fronçant les sourcils, je suis le *seul* homme que vous ayez sous la main. Alors vous feriez mieux de répéter votre rôle d'amoureuse.

– Vous ne m'inspirez que du mépris.

Il hocha la tête sans la quitter des yeux.

– Mon ange, tôt ou tard quelqu'un devra abandonner ou se soumettre. Mais, selon toute vraisemblance, nous aurons d'ici là appris à nous connaître.

Sans lui laisser le temps de se débattre, il avait posé une main sur le visage de la jeune femme. Ses lèvres se contentèrent d'effleurer les siennes. Malgré sa fureur, un frisson de désir la parcourut.

Il lui fallait lutter contre l'attirance que cet homme exerçait sur elle – une chose purement physique, elle ne devait pas s'y tromper.

– Je refuse de continuer, lança-t-elle, déroutée d'entendre le son brisé de sa voix.

– Oh si! Même si je dois passer la nuit à vous convaincre. Savannah, je vous veux depuis la seconde où je vous ai vue pour la première fois.

– Je n'aurais jamais dû vous laisser m'embrasser, déclara-t-elle.

– Je partage votre opinion, répondit Brendon. Et vous seriez encore plus stupide de refuser de reconnaître la force qui nous attire l'un vers l'autre.

En appliquant les mains sur son torse pour le repousser, elle sentit son cœur battre à tout rompre.

– Je ne voulais pas aller aussi loin.

Il la contempla un instant, puis haussa les épaules.

– A votre guise.

Il la souleva du sol et la serra contre lui.

— Je parie que beaucoup d'obstacles nous attendent encore avant la fin de cette histoire.

— Lâchez-moi! ordonna-t-elle, furieuse.

— Avec plaisir, rétorqua Sloane tout en gravissant les premières marches de l'escalier. Vous n'avez pas encore visité ma chambre, n'est-ce-pas?

— A contrecœur, Savannah dut passer un bras autour de son cou pour ne pas tomber.

— Vous vous souvenez de ce qui s'est produit entre nous cet après-midi? N'avez-vous pas envie de savoir si cette flamme va s'allumer de nouveau?

Son visage se durcit devant cette femme qui s'obstinait à ne pas lui répondre.

— Ou bien, poursuivit-il, dois-je en déduire que votre réaction faisait partie de votre plan?

Ainsi, il s'imaginait avoir été l'instrument de sa machination. Et maintenant, il prenait sa revanche.

Ils se retrouvèrent devant l'entrée de la chambre. Un lit monumental recouvert d'une couverture de soie couleur champagne occupait presque toute la pièce. Il y avait également une armoire et une commode en bois de chêne.

— Très bien, Brendon, dit-elle d'une voix lasse. A l'avenir, je ne vous demanderai plus rien.

Il la déposa sur le couvre-lit et, au moment où elle voulut appeler au secours, il lui parut plus opportun de lui promettre :

— Je jure de ne jamais plus solliciter votre aide.

Pour vous épargner toute nouvelle compromission, je révélerai toute seule la vérité à mon grand-père.

— Oh non! murmura son compagnon en s'allongeant sur elle. Vous ne vous en tirerez pas si facilement, Savannah McLean. Vous ne pensiez pas que j'accepterais de me laisser manipuler sans réclamer une *compensation* en retour!

Il lui prit le visage à deux mains et plongea les yeux dans son regard azuré. Finalement leurs respirations s'accordèrent et toute vie extérieure sembla s'évanouir. La volonté de revanche de Savannah avait cédé la place à un désir ardent et passionné. Elle n'avait jamais éprouvé un tel trouble depuis des années, même au début de son mariage.

Elle voulut se redresser, mais le corps de Brendon la maintenait prisonnière.

— Je vous en prie.

Puis pour détendre l'atmosphère, elle reconnut :

— J'ai commis une erreur en vous utilisant pour amadouer mon grand-père.

— Vous le pensez sincèrement? insista-t-il, ne se contentant pas d'une simple excuse.

— Je le jure.

Pouvait-il sentir les battements de son cœur? Elle afficha un sourire contrit pour déclarer :

— Vous abusez de ma patience.

— Et la façon dont vous jouez avec la mienne ne vous gêne pas!

Il la regarda au fond des yeux, et frissonna.

– Savez-vous depuis combien de temps une femme n'a pas éveillé mon intérêt? Personne ne m'a jamais demandé de jouer les amoureux transis pour duper son grand-père.

– Je vous demande pardon.

– Qui vous dit que je m'en plains? reprit-il sur un ton sarcastique. Savannah, le fait que vous m'ayez choisi m'a flatté, et l'idée que nous passerions notre temps ensemble m'a plu.

Vexée, elle se pinça les lèvres avec un air buté.

– Je n'accepterai jamais de sortir avec vous, même si vous restiez le seul homme de cette ville.

– Il ne faut jamais dire « Fontaine je ne boirai pas de ton eau. »

Du bout des lèvres, il dessina le contour de son menton.

– Pauvre trésor, je crains fort que vous ne réalisiez même pas l'énormité de votre entreprise.

Sa bouche se plaqua contre la sienne. Prise d'une vague de panique, elle tenta de se dégager de son étreinte, ce qui déclencha chez son agresseur une crise de rire. Ses lèvres humides remontèrent le long de son cou pour aller se perdre derrière son oreille.

– Brendon, pour l'amour de Dieu!

Elle réussit à se redresser sur les coudes, ses cheveux décoiffés retombant sur ses épaules.

Il la contempla avec un plaisir non dissimulé.

– Où est donc passée cette femme qui me suppliait cet après-midi?

– Cela ne faisait pas partie de notre accord.

– Maintenant, décréta son tortionnaire, les choses vont se passer comme je l'entends.

Sans la quitter des yeux, il lui redressa le menton et l'embrassa avec passion, faisant naître en elle une bouffée de désir.

Tout ce que Savannah avait essayé de réprimer l'assaillit impitoyablement. Son torse chaud sur sa poitrine, son pull si doux, l'odeur enivrante de son après-rasage, la douceur de ses mains qui caressaient ses hanches, la pression de ses genoux pour mieux s'insérer entre ses jambes.

La barrière de leurs vêtements ne parvenait pas à dissimuler la fièvre de sa virilité. Elle se lova contre lui, remarquant à quel point leurs deux corps s'harmonisaient bien. Elle se souvint de leur premier dîner ensemble, de son sens de l'humour et de sa gentillesse quand elle avait parlé de l'échec de son mariage. Ainsi, ils étaient devenus amis avant de devenir des adversaires.

Brendon relâcha son étreinte, mais la douceur de ses baisers mêlée au désir qu'il faisait naître au fond de son être la paralysait. Elle passa les bras autour de son cou et enfouit les doigts dans ses cheveux. L'obscurité qui les enveloppait ressemblait à un nuage de velours les invitant au plaisir. Lorsque ses doigts s'égarèrent sur sa poitrine, elle n'émit pas la moindre résistance, vaincue par le besoin de se sentir aimée et désirée.

Il déboutonna son corsage et ses mains glissèrent sur la peau satinée de son ventre. Il posa les lèvres à la naissance de ses seins, et avec habileté dégrafa le soutien-gorge de dentelle, l'offrant ainsi à son regard admiratif.

73

Savannah se raidit. Elle n'avait jamais dormi avec un autre homme que son mari. Tout allait trop vite. Instinctivement, elle croisa les bras sur sa poitrine.

– Vous avez la peau si douce, murmura son compagnon en lui prenant les mains.

Son regard erra le long de ses lèvres, de ses épaules et de sa poitrine. Seule une expression de tendresse se lisait dans ses yeux.

– Laissez-moi vous toucher et vous aimer.

Ses lèvres frôlèrent les siennes tandis que ses doigts jouaient avec le bout de ses seins.

La jeune femme n'avait pas envie d'arrêter ces caresses. Il lui paraissait plus simple de céder au désir plutôt que de songer aux conséquences et à l'avenir.

Tendrement, il mordilla sa poitrine. Sous ces cajoleries intarissables, elle essaya de reprendre son souffle, de réfléchir, mais en vain. Il l'avait envoûtée et elle était consentante, prête à commettre l'irréparable, car elle désirait cet homme au point d'en avoir mal.

Savannah n'avait jamais rien ressenti de tel avec son mari. Parfois, elle avait éprouvé un désir certain, suivi d'une déception après l'amour. En premier lieu, elle n'aurait jamais permis à Keith de l'entraîner dans sa chambre. Ils avaient attendu le mariage avant de se retrouver dans le même lit. Maintenant, un sentiment de culpabilité détruisait sa passion, lentement mais sûrement.

Une larme s'échappa de ses paupières closes, et

74

Brendon s'arrêta net. Elle se redressa et referma son corsage.

— Vous n'avez pas eu de liaison depuis votre mari, n'est-ce pas?

Il alla à la fenêtre avant de se tourner vers elle, le visage imperturbable.

— Vous l'aimez toujours?

— Non.

La jeune femme détourna la tête. Comment lui expliquer les émotions confuses qui l'avaient tourmentée sans risquer de passer pour une idiote? Comment lui parler de la façon dont Keith l'avait rejetée et dépréciée, de son manque de confiance en elle dans tous les domaines, au point qu'elle s'était crue laide et stupide, incapable d'aimer et d'être aimée?

— Je n'ai pas envie d'en parler.

Brendon s'approcha.

— Vous ne pouvez pas me quitter sans explication.

Elle secoua la tête sans dire un mot, comprenant qu'il fallait dire la vérité. Tout en grinçant des dents, elle balaya ses larmes et ce qui lui restait de fierté.

— Parce que nous ne nous sommes jamais entendus sur le plan physique.

Savannah évita son regard avant d'ajouter:

— Je n'ai jamais éprouvé avec mon mari ce que j'ai éprouvé dans vos bras. Alors je me demandais si...

Elle se tut pour réprimer les émotions qui l'assaillaient.

— Poursuivez!

La jeune femme soupira, soulagée de pouvoir se confier.

— Je me demandais si Keith m'aurait aimée davantage si j'avais été plus passionnée au lit.

Voilà, elle l'avait dit. Et maintenant, Sloane savait tout.

Il la dévisagea en silence, puis il lui prit la main et ce contact la réconforta. Il la força à se lever et la serra contre lui.

— Que s'est-il passé entre vous?

Elle enlaça sa taille et enfouit son visage dans son cou, laissant libre cours à ses larmes refoulées depuis plus d'un an. Réconfortée par sa force et sa gentillesse, il lui fut aisé de reprendre son récit sans affronter son regard.

— Ni l'un ni l'autre n'avions beaucoup d'expérience avant notre mariage et j'ai appris ce qu'il a bien voulu m'enseigner, autrement dit pas grand-chose. Plus tard, comme il paraissait évident que mes talents ne le satisfaisaient pas, j'ai cherché à me documenter dans des manuels spécialisés. Il n'apprécia pas cette initiative car selon lui une vraie femme devait savoir procurer à son mari du plaisir de façon instinctive.

La gorge serrée, elle termina son récit dans un souffle.

— Je jure avoir tout tenté pour y parvenir.

Brendon la saisit par les épaules tout en scrutant son visage. Alors, portée par un courage tout neuf, elle soutint son regard.

— Permettez-moi de vous dire que votre mari

est un mufle stupide, parce que je vous trouve sexy et très douée.

Ce compliment la fit rougir de plaisir.

Il la reconduisit chez elle sans dire un mot et insista pour la raccompagner jusque devant sa porte.

Au moment de se quitter, il demanda en souriant :

— Vous ne m'embrassez pas?

— Vous avez déjà eu ce que vous vouliez.

— Oui, mais je ne m'en lasse pas. Et si nous prenions notre petit déjeuner ensemble demain avant d'aller travailler?

Savannah en avait une grande envie, mais se sentait tenue d'éclaircir avant tout le malentendu avec son grand-père.

— Il faut d'abord que je parle à Emerson.

— Ainsi, vous avez décidé de tout lui raconter?

— En effet, et je vais assumer l'entière responsabilité de cette mise en scène.

— A demain matin, lui dit-il en déposant un baiser sur son front.

— Cela ressemble fort à un ordre, rétorqua-t-elle, légèrement contrariée.

Pourquoi n'acceptait-il jamais un refus?

— Si vous voulez connaître mes préférences culinaires, poursuivit-il avec un clin d'œil malicieux, sachez que j'aime le bacon bien grillé et le café très fort.

Ces paroles rappelèrent à la jeune femme les exigences de son ancien mari, coupant instantanément tout désir de le revoir.

— Monsieur Sloane, je vous dois peut-être un service, mais je n'ai pas l'intention de me mettre derrière les fourneaux pour vous faire plaisir.

Puis, elle claqua la porte derrière elle. Le rire de Brendon résonna dans la nuit tandis qu'il s'éloignait.

7

SAVANNAH se débattait au beau milieu d'un cauchemar, quand elle réalisa que quelqu'un frappait à la porte.

— J'arrive, marmonna-t-elle en se frottant les yeux.

Elle se dressa dans son lit tandis que le jour filtrait par les persiennes. Son réveil marquait à peine six heures du matin et sans cette interruption intempestive, elle aurait pu dormir encore un peu.

Elle enfila une robe de chambre blanche sur sa chemise de nuit prune. Ses pieds nus traînaient sur le parquet froid recouvert çà et là de tapis à fleurs roses et grises. Elle regarda par le judas et demanda :

— Qui est là.

— Devinez.

Dans son demi-sommeil, cette voix grave lui parut familière.

— Brendon! s'écria la jeune femme, exaspérée. Que faites-vous ici?

Il aurait beau supplier, ordonner ou crier, elle ne le laisserait pas entrer.

– Si vous ouvrez cette porte, je vous expliquerai.

– Allez-vous-en!

– Dans ce cas, je prendrai la direction du manoir.

– Voilà une bien vile menace!

– En effet, mais que voulez-vous que je vous dise? Que je meure d'envie de vous voir et que je n'ai cessé de penser à vous toute la nuit?

« Il exagère un peu », se dit Savannah. Ou bien? Le souvenir de cette soirée où ils avaient presque fait l'amour lui revint en mémoire.

L'évocation de ces sensations lui donna la chair de poule. En le laissant entrer, elle courait le risque d'affronter une nouvelle tentation. Dans le cas contraire, il réveillerait le voisinage en hurlant à tue-tête. A contrecœur, elle ouvrit la porte.

Brendon lui adressa un sourire éblouissant. Le vent soufflait dans ses cheveux et le froid lui allait bien. Il arborait un complet couleur café, une chemise à rayures marron et blanche et une cravate sombre. Ses chaussures brillaient comme des miroirs. Il tenait un panier à la main.

Le reproche que la jeune femme s'apprêtait à lui adresser s'évanouit en le voyant.

– Je vous trouve magnifique au réveil, déclarat-il en déposant un chaste baiser sur son front.

Malgré tout, sa visite lui faisait plaisir. « Ne le laisse pas prendre trop d'emprise sur toi », l'avertit la voix de sa conscience. Elle recula en se blottissant dans sa robe de chambre et noua soigneusement la ceinture.

— Je n'ai encore jamais rencontré d'homme aussi arrogant.

— Vous n'avez rien d'une sainte non plus, rétorqua son visiteur.

Il la contempla tandis qu'un sourire sensuel étirait ses lèvres.

Déroutée par cette réponse, elle tendit une main vers lui :

— Entrez avant que les voisins ne vous voient sur le pas de ma porte à une heure aussi matinale.

— Ils en concluront que j'ai passé la nuit chez vous. Heureusement que nous sommes fiancés.

Elle referma la porte derrière lui. Tout à coup, Brendon prit un air sérieux.

— Nous avons encore beaucoup de choses à nous dire, entre autres décider de notre prochaine tactique. La fin de cette farce pourrait se révéler beaucoup plus complexe que prévu.

Savannah passa la main dans ses cheveux.

— Il vaudrait peut-être mieux que vous m'aidiez à affronter mon grand-père.

Sloane posa le panier sur une chaise, puis il la prit dans ses bras.

— Je dois vous avouer l'autre raison qui m'a amené jusqu'ici. Je voudrais vous présenter mes excuses pour hier soir. Accordez-moi une seconde chance. Je vous en prie.

Elle pensa à la compréhension qu'il lui avait témoignée lorsqu'elle avait parlé de Keith. Cette mascarade de fiançailles mise à part, elle avait vraiment envie de le revoir. Pourquoi le nier ?

— De quelle façon comptez-vous vous racheter ? lui demanda la jeune femme.

– En vous préparant le petit déjeuner, annonça-t-il avec un large sourire.

– Par principe, je devrais vous mettre à la porte.

– Mais vous n'oserez pas.

Bien sûr que non.

– Oh! Vous êtes insupportable! Je refuse de me disputer avant d'avoir bu mon bol de café.

– Parfait!

Il passa la porte du salon tandis qu'elle se précipitait dans la salle de bains pour se donner un coup de peigne et se rafraîchir le visage. L'idée de se changer lui traversa l'esprit, mais elle se ravisa. Il ne fallait pas qu'il s'imagine que sa présence la troublait.

De retour au salon, Brendon était en train d'allumer le feu dans la cheminée. Elle alla préparer le café. Quelques instants plus tard, il la rejoignit. Il avait enlevé son veston et retroussé ses manches.

– J'ai l'impression que vous vous sentez déjà comme chez vous, commenta Savannah d'une voix railleuse.

Cette idée l'amusait et l'irritait à la fois. Comme s'il lui rendait service, il avait fait irruption dans sa vie, dans sa maison.

Avec un sourire, il sortit du panier des œufs, du bacon, des croissants, ainsi qu'une bouteille de jus d'orange.

– Je crois n'avoir rien oublié.

– Espérons-le, rétorqua la jeune femme, parce que si vous deviez ressortir, je ne suis pas sûre de vous laisser rentrer une seconde fois.

82

Il éclata de rire à cette remarque.

– Oh, je finirais bien par vous convaincre du contraire.

– A votre place, je ne parierais pas.

Le ton qu'elle avait employé le surprit, mais il s'abstint de tout commentaire. Le plus calmement du monde, il ouvrit ses placards à la recherche d'ustensiles culinaires. Savannah le regarda battre les œufs dans un bol, pleine d'admiration et de ressentiment à son égard. On pouvait tout lui reprocher, sauf son manque de ténacité.

– Je n'arrive pas à croire que je me retrouve avec un étranger dans ma cuisine aux aurores.

Il lui tendit un bol brûlant en déclarant :

– Après la nuit dernière, nous pouvons difficilement nous considérer encore comme des étrangers.

Elle se brûla en buvant trop vite.

– Je ne sais même pas si vous avez déjà été marié.

– Jamais, répondit-il en mettant le bacon dans la poêle.

– Pourquoi ?

Elle ouvrit le four pour faire chauffer les croissants.

– D'abord parce qu'aucune femme ne m'a jamais vraiment passionné.

Puis il lui jeta un regard avant d'ajouter :

– Du moins, jusqu'à maintenant. Ensuite parce que...

Il haussa les épaules en se retournant :

– Ma société me prend trop de temps. C'est l'une de mes priorités dans la vie.

– Et vous avez l'intention de rester à Charleston?

– Oh oui! dit-il en la fixant droit dans les yeux.

Il semblait fort sûr de lui.

– Et vous? s'enquit-il.

– J'ai une mère qui vit en Europe, mais je n'ai pas l'intention d'aller la rejoindre.

– Même pour des vacances?

– Non. Nous ne nous entendons pas très bien.

Savannah baissa la tête.

– Disons que j'ai déçu ses ambitions. Elle rêvait de faire de moi une sorte de Scarlett O'Hara des temps modernes.

– Et votre père?

– Mes parents se sont séparés peu après ma naissance et il vit au Japon où il travaille pour une société d'électronique.

– Vous ne le voyez jamais?

– A notre dernière rencontre, j'avais douze ans.

– Et moi qui me plaignais de mon sort!

La jeune femme poursuivit :

– Ce qui explique pourquoi mon grand-père m'a prise sous son aile. Puis un jour j'ai jugé qu'il était temps de me débrouiller seule et j'ai décidé de m'installer en Californie.

Elle sourit :

– Il s'agissait de mon premier geste d'indépendance et j'en tirais une grande fierté.

– Et vous aviez raison, commenta Brendon tout en déposant le bacon sur une serviette en papier.

– Professionnellement j'ai réussi sans l'aide de personne, mais ce succès ne m'empêchait pas de me sentir très seule.

Ils échangèrent un long regard durant lequel Savannah s'efforça de rester indifférente, mais elle avait envie de lui prendre la main pour l'emmener dans sa chambre et se glisser avec lui sous les couvertures.

Son compagnon lui caressa doucement la nuque. Elle savait que s'il l'embrassait, elle perdrait la tête.

– Les œufs! hurla-t-elle.

– Vous avez raison, ils me paraissent à point.

Elle sortit des assiettes en porcelaine de Saxe, des timbales en argent et des serviettes bleues qu'elle réservait pour les grandes occasions.

– J'ai beaucoup aimé ce petit déjeuner, dit-elle à la fin en repoussant son assiette vide.

– Maintenant, si vous êtes suffisamment réveillée, j'aimerais vous parler. Passons au salon, il y fait plus chaud.

Après avoir repris du café, elle s'installa dans un des fauteuils de style victorien. Brendon s'assit sur le canapé et étendit ses longues jambes.

Savannah déclara :

– J'ai toujours l'intention d'avouer la vérité à mon grand-père dès que je le verrai.

Il approuva d'un signe de tête, tout en étudiant un bouquet de fleurs de soie rose.

– Cela fera le plus grand bien à votre conscience, mais je doute du résultat. Votre lien de parenté vous donne accès à une société que je n'ai jamais pu approcher. Mais deux choses jouent contre vous : vous êtes une femme et vous avez divorcé. Dans toute autre ville, ces points

85

n'auraient aucune importance, mais ici où les hommes se partagent traditionnellement les rênes du pouvoir?

– Alors, selon vous, que dois-je faire?

– Vous adapter. En ne poursuivant pas notre plaisanterie, vous démontrez à Emerson que vous n'êtes pas capable de défendre les intérêts d'une entreprise. Il sait déjà que vous pouvez soumettre une offre, voire même prendre des risques le cas échéant. Mais il devine également que lorsque la situation deviendra critique, vous n'aurez pas le cran pour tenir le coup.

– Mais dans cette affaire, objecta Savannah, je mets votre réputation en péril.

Brendon haussa les épaules.

– Continuez de faire équipe avec moi et je vous promets de prendre la responsabilité de notre rupture.

La jeune femme le considéra avec la plus grande attention. Cet homme pouvait lui apprendre une foule de choses et il faudrait être stupide pour ne pas profiter de son expérience.

– Croyez bien que je regrette amèrement de vous avoir appelé à l'aide, déclara-t-elle avec un sourire désabusé.

– Cependant, ma chère, vous êtes engagée dans cette histoire jusqu'au cou. Et si vous voulez vraiment atteindre votre but, il vaudrait mieux penser à notre prochaine étape.

– De toute évidence, vous avez déjà une idée.

– Emerson n'a pas réagi comme vous l'espériez, mais le fait de vous voir en ma compagnie

86

lui a asséné un sérieux choc. Ce qui vous met en position de force pour discuter avec lui ce matin. Savannah, montrez-lui que vous pensez aux affaires et s'il me déteste autant que vous le croyez, alors il finira par revenir sur ses exigences en ce qui concerne votre mariage.

Brendon avait raison.

— Mais, demanda la jeune femme mal à l'aise, je ne saisis pas votre intérêt dans cette histoire?

Il sourit en déposant son bol de café.

— Je vous trouve belle et séduisante, et j'aimerais vous faire l'amour.

Son cœur se mit à battre à tout rompre.

— Non, dit-elle, irritée de déceler dans sa voix une légère hésitation.

— Vous ne réussirez pas à me chasser. Du moins, pas encore. Pas avant de m'avoir embrassé.

Il lui prit la main.

Savannah voulut protester, mais son regard brillant l'hypnotisait. Puis il la serra contre lui. Son déshabillé en soie lui offrait une bien piètre protection. Elle frissonna, le corps brûlant de désir.

— Vous n'observez pas les règles du jeu, murmura-t-elle.

— Vous non plus. Sinon vous vous seriez habillée dès mon arrivée chez vous. Depuis que je suis ici, je ne rêve que de vous prendre dans mes bras.

Son refus de vouloir se changer relevait-il d'un acte inconscient?

Elle baissa les paupières en voyant sa bouche s'approcher de la sienne. Elle avait soif de lui.

Les lèvres de Brendon effleuraient les siennes tandis qu'il la caressait. Son baiser se fit exigeant.

« Arrête ça tout de suite tant qu'il en est encore temps » s'ordonna Savannah dans sa tête. Mais les sensations multiples qui la submergeaient la poussaient à s'abandonner. Le crépitement du feu dans la cheminée parut de plus en plus lointain. Elle laissa échapper un petit cri, comme si elle plongeait dans le maelstrom du désir. Il y avait si longtemps que personne ne l'avait désirée, si longtemps qu'elle en avait envie.

– Laissez-moi vous faire l'amour, murmura Brendon.

Ses doigts se refermèrent sur ses seins avant de glisser jusqu'à la taille tandis qu'il la couvrait de baisers.

Elle aurait voulu lui demander de s'arrêter, mais les mots ne lui venaient pas.

– Je sais que vous me désirez autant que je vous désire.

Puis il l'embrassa avec une ardeur débridée.

La jeune femme interposa ses mains entre eux. Désirait-elle sincèrement devenir sa maîtresse ?

– Vous allez un peu trop vite.

– Vous croyez ?

Sous son œil intense, elle perdit le souffle.

– A vous de décider...

Sa voix se brisa. La promesse d'ébats plus intimes planait dans l'air.

Elle resta silencieuse, incapable de dire quoi que ce soit.

– Il ne faut jamais bousculer les femmes, murmura-t-il tandis que sa bouche se faisait encore plus voluptueuse.

Les doutes de Savannah s'évanouissaient sous ses caresses et des sentations encore inconnues se mêlaient à un désir que lui seul savait faire naître en elle. En poussant un soupir, elle se colla à lui et entrouvrit les lèvres dans l'attente d'un baiser plus sensuel. Quand Brendon déboutonna sa robe de chambre, toutes ses velléités de résistance disparurent. Elle aimait cet homme et elle l'avait attendu toute sa vie. Son corps tout entier l'appelait.

Il dégagea délicatement la dentelle qui couvrait ses épaules et lorsque ses doigts se refermèrent sur sa chair enflammée, elle poussa une légère plainte.

— Vous êtes si belle, murmura-t-il en relevant sa chemise de nuit à mi-cuisses.

Que s'apprêtait-elle à faire avec cet homme qu'elle connaissait à peine?

— Non, Brendon.

Il lui chuchota au creux de l'oreille.

— Votre peau douce et les frissons qui vous parcourent à chaque fois que je vous touche me rendent fou. Je vous en supplie, j'aimerais tant sentir votre corps nu contre le mien.

Le désir luttait contre la raison.

— Je sais que vous n'en avez pas l'habitude, reprit-il. Moi aussi, j'ai l'impression de renaître à la vie, ou bien tout simplement n'ai-je encore jamais rencontré le vrai amour.

La jeune femme eut la gorge sèche. Cela faisait si longtemps qu'elle n'avait pas eu d'homme.

– J'ai si peur de vous décevoir!

– Oh chérie! Vous m'électrisez beaucoup plus que vous ne l'imaginez.

Il la serra contre lui avant de la relâcher, attendant que l'initiative vienne d'elle. Il l'encourageait du regard tandis qu'elle dégrafait sa chemise.

Mue par un désir innocent, elle caressa son torse bronzé, et Brendon poussa une plainte lorsque la jeune femme entreprit de jouer avec le bout de ses seins.

– Vous m'affolez!

Elle rougit de fierté, puis avoua en baissant la tête :

– Je n'aurais jamais cru que je pourrais prendre autant de plaisir à caresser un homme.

– Pas n'importe lequel, j'espère.

Il lui adressa un sourire éblouissant tout en la buvant des yeux avant d'ajouter :

– Parce que je vous veux pour moi tout seul.

A cet aveu, le cœur de Savannah battit la chamade.

– Venez plus près.

Elle se lova contre lui. Puis elle se mit à bouger le long de son corps tandis que des ondes de chaleur prenaient possession du plus profond de son être.

Une pluie de baisers passionnés fondit sur ses lèvres. Il retroussa la chemise de nuit pour caresser ses hanches.

La panique la reprit lorsque Brendon voulut effleurer l'intérieur de ses cuisses, s'approchant ainsi du sommet de sa féminité.

– Je vous en prie.

– Je sais que vous avez peur, la rassura-t-il en la couvrant de baisers.

Avec une douceur infinie, il frôla son ventre satiné.

– Je promets de ne pas vous faire mal.

Oserait-elle franchir le pas? Elle bredouilla entre deux baisers des mots qui lui parurent bien faibles et terriblement indécis.

– Je... ne... veux... pas...

– Oh si! répondit-il en glissant un genou entre ses jambes. Nous le souhaitons tous les deux. Sinon, vous m'auriez repoussé depuis longtemps et je n'aurais pas insisté.

La jeune femme perdit la tête sous ses caresses. Puis il frôla la chair veloutée de son intimité pour l'amener à l'extase. Savannah s'arc-bouta contre lui pour mieux s'abandonner à ses mains expertes. L'amour physique ne lui avait jamais procuré un tel plaisir, un tel bien-être. La passion la consumait et une tornade de sensations la faisait frissonner. Ses mains s'agrippèrent aux épaules de Brendon.

– Allons dans votre chambre. Maintenant!

Elle leva sur lui des yeux embués de désir tandis qu'il attendait sa décision. Mais la raison reprit le dessus. Elle le dévisagea pour essayer de comprendre comment ils en étaient arrivés à ces jeux interdits.

– Vous nourrissez toujours les mêmes doutes, n'est-ce pas, soupira son compagnon.

– Je vous demande pardon.

Le trouble et la déception lui donnèrent soudain envie de pleurer et elle dut se mordre les lèvres pour réprimer ses larmes.

En levant les yeux sur lui, elle put y lire une expression de frustration.

— Je vous comprends, finit-il par dire avec un sourire timide. Je crois que vous m'avez accordé plus qu'un simple baiser, du moins pour ce matin.

Savannah se détendit :

— Vous ne m'en voulez pas trop?

— Je savais que vous n'étiez pas prête à faire l'amour. Cependant, j'espérais réussir à vous convaincre. Voilà une bonne leçon pour moi!

Après avoir remis de l'ordre dans sa tenue, la jeune femme piqua son fard, ne sachant que dire :

— Brendon, je...

Il l'interrompit sur-le-champ :

— Ne vous inquiétez pas! Je sais me montrer patient. Il la contempla de la tête aux pieds avant de reprendre :

— Et cette nuit j'ai pris la résolution de patienter le temps qu'il faudrait.

Les battements de son cœur s'accélérèrent. Elle savait que s'il la touchait de nouveau, elle ne pourrait plus résister.

— Puis-je vous offrir un peu de café?

— Non, il vaut mieux que je parte, déclara-t-il en prenant son veston.

Elle le suivit jusqu'à la porte.

— Merci pour ce petit déjeuner.

Ses paroles parurent quelque peu dérisoires après ce qui venait d'arriver.

Brendon déposa sur ses lèvres encore gonflées un baiser furtif. Son regard plein de tendresse lui fit oublier la fraîcheur de la température.

– Savannah, je...

Le son d'une autre voix d'homme le coupa au beau milieu de sa phrase. Emerson dévisageait le couple de ses yeux bleu glacier.

8

– Mon petit, tu parais surprise de me voir, déclara le vieil homme sur un ton de reproche. Je t'ai pourtant promis de t'emmener au bureau ce matin.

Il se tut et dévisagea Brendon avec étonnement avant de poursuivre :

– Nous avions décidé de parler de ton... de ta situation.

La jeune femme piqua son fard, mortifiée par l'arrivée inopportune de son aïeul.

– J'avais... j'avais oublié.

– Rien de plus normal, répondit Emerson sans la quitter des yeux. Dois-je attendre que tu t'habilles ou bien je repasse après le départ de ton prétendant ?

Sans se départir de son calme, Brendon prit sa « fiancée » par la taille en suggérant :

– Chérie, pourquoi n'invites-tu pas ton grand-père à rentrer ? Il fait si froid dehors.

– Oui, bien sûr !

L'aïeul alla droit à la cheminée pour se réchauffer et son regard tomba sur les deux bols de café qui traînaient sur la table du salon.

— Qu'attends-tu pour me demander s'il a dormi ici? l'apostropha Savannah. Tu en meurs d'envie.

— Je n'ai pas à m'immiscer dans ta vie privée, mon enfant. Après tout, c'est moi qui t'ai demandé de sortir et de...

Il toussota pour ajouter :

— ... prendre du bon temps. Et puis, ce garçon *est bien* ton fiancé, je ne me trompe pas?

Sloane la serra contre lui dans un geste réconfortant.

— Ne vous inquiétez pas, monsieur. J'ai l'intention d'épouser votre petite-fille devant Dieu et devant les hommes.

Avec un sourire forcé, elle expliqua :

— En fait, il s'apprêtait à partir.

Pourquoi n'avait-il pas reboutonné sa chemise? Sa dégaine vestimentaire ne devait pas échapper à l'œil inquisiteur de son grand-père.

Sloane jeta un œil à sa montre et déclara :

— Il me reste encore quelques minutes. Emerson, puis-je vous offrir du café?

— Avec plaisir, répondit-il en retirant son manteau.

Une fois seuls, le vieil homme avoua :

— Lorsque tu m'as annoncé cette liaison, j'ai d'abord cru à une plaisanterie.

Puis il ajouta en la fixant droit dans les yeux :

— Maintenant je dois reconnaître mon erreur.

Savannah faillit s'étrangler. Comment expliquer ce qu'elle ne comprenait pas elle-même?

– Je le trouve très différent des hommes que j'ai rencontrés jusqu'à maintenant.

Brendon réapparut avec un plateau en argent et se pencha devant Emerson pour lui offrir une tasse en déclarant :

– Pour moi, votre petite-fille est unique.

Il prit place auprès de la jeune femme et posa une main sur son genou. Soudain elle eut envie de lui jeter son café à la figure. Pourquoi cette manie d'en faire trop ? Quelle idée stupide d'avoir eu recours à lui !

Un silence de mort tomba dans la pièce tandis que les deux hommes échangeaient un regard méfiant. Savannah n'osait affronter son grand-père. Il avait exigé d'elle l'image d'une femme stable dans tous les domaines de sa vie, et voilà que dès le lendemain elle donnait un coup de couteau dans sa réputation.

Il valait peut-être mieux aller travailler et tout oublier, du moins pour quelques heures.

– Mon Dieu, vous avez vu l'heure ? s'écria-t-elle en se levant. Je vais arriver en retard pour ma réunion avec John Crawford. Si vous voulez bien m'excuser...

Brendon lui adressa un sourire enchanteur tandis que son grand-père dégustait son café.

– Ne t'inquiète pas, chérie. Pendant ce temps, je vais tenir compagnie à Emerson.

– Quelle charmante attention, mais tu ne dois pas aller au bureau ?

– Cela peut attendre.

– Comme tu voudras, répondit la jeune femme avec un sourire crispé.

De toute évidence, cet individu avait résolu d'anéantir tous ses efforts. Plus cette plaisanterie durait, et plus il devenait difficile de passer aux aveux. Après tout, pourquoi ne pas lui laisser la direction des opérations?

Une demi-heure plus tard, elle trouva Emerson et Brendon en train de faire la vaisselle.

— J'ai préparé un petit déjeuner pour ton grand-père.

Incrédule, Savannah considéra la scène qui se déroulait sous ses yeux. A sa connaissance, le vieil homme n'avait jamais débarrassé une table de sa vie, alors nettoyer une assiette...

— Tu es prêt? demanda la jeune femme à son aïeul.

Les deux hommes échangèrent un regard et Brendon prit la parole :

— Chérie, j'ai proposé de te conduire au bureau.

— Et, renchérit Emerson, j'ai accepté son offre car je dois passer à la banque.

Cette plaisanterie n'avait que trop duré!

— Mais...

— Débrouillez-vous, trancha Emerson, moi il faut que je file.

Une fois seuls, la jeune femme déclara d'une voix glaciale :

— Vous vous rendez compte que mon grand-père est sincèrement convaincu de notre amour?

Brendon enfila son veston avec un large sourire.

— N'est-ce pas la vérité?

— Non! hurla-t-elle plus fort qu'elle ne l'aurait souhaité.

Que cet homme aille au diable! Il avait le don de la faire sortir de ses gonds.

– Pourquoi avez-vous refusé de partir au moment où il est arrivé?

– Parce que je trouvais plus amusant de rester.

– Vous avez une façon fort déplaisante de vous imposer chez les gens.

Aussi illogique que cela puisse paraître, elle lui reprochait la situation. Elle aurait réussi à se tirer d'affaire depuis bien longtemps s'il n'avait pas tout compliqué avec ces « fiançailles ».

– Je ne vois pas de quoi vous vous plaignez, rétorqua Brendon. Ma cuisine a beaucoup plu à Emerson. Vous êtes fâchée parce qu'il vous a surprise dans une situation quelque peu compromettante ou bien parce qu'il nous a dérangés dans nos adieux?

– Vous auriez pu au moins reboutonner votre chemise.

– Nous ne faisions rien de répréhensible.

– Peut-être, mais...

A la seconde même où les doigts de Brendon effleurèrent son bras, son cœur se mit à battre à tout rompre, au point de lui faire mal.

– Et puis n'oubliez pas que vous portiez ce déshabillé diabolique.

Elle répondit avec autorité:

– J'ai passé l'âge des vierges effarouchées.

– Mais vous le restez encore dans de nombreux domaines, murmura son compagnon en lui prenant le menton.

Il la regarda avec une tendresse infinie.

— J'aimerais pouvoir faire disparaître cette timidité. Acceptez de déjeuner avec moi.

— Impossible.

Savannah libéra son bras car, quand il la touchait, elle perdait tous ses moyens. Il s'approcha pour l'aider à passer son manteau.

— Le fait qu'Emerson nous ait surpris ensemble ne vous contrarie pas? demanda la jeune femme.

Le calme qu'il affichait contrastait avec sa nervosité à elle. Et s'il avait tout manigancé? Après tout, il se trouvait là le soir où Emerson lui avait proposé de l'emmener au bureau...

Le regard qu'il lui lança, lui rappela qu'ils avaient failli faire l'amour. Le contact de ses mains sur sa chair lui revint en mémoire. Pensait-il aux mêmes choses qu'elle?

Pour dissimuler son trouble, elle dit :

— Vous saviez que mon grand-père devait me conduire au bureau ce matin.

— Je n'ai jamais cherché à vous compromettre, promit Brendon sur un ton solennel. D'autre part, vous aviez oublié sa visite, sinon vous m'auriez chassé depuis longtemps.

Gênée, elle fixa le sol.

Il la prit par la taille pour ajouter :

— Dans un sens, ma présence chez vous a peut-être convaincu Emerson du sérieux de nos intentions. Tenez bon et vous décrocherez la présidence de la société sans avoir besoin de m'épouser.

Son prétendant l'accompagna jusqu'à sa voiture.

– Je vous appelle dans l'après-midi, dit-il en se penchant pour effleurer son front d'un baiser.

Tandis qu'il s'éloignait, Savannah observait sa démarche élégante. Cet homme avait tout pour lui plaire et une liaison avec lui ne pourrait que lui procurer beaucoup de plaisir. Après une année passée en solitaire, cette simple perspective suffisait à la tenter. C'était bien là le problème, car elle se sentait prête à tomber amoureuse, et Sloane l'avait deviné.

Sur le chemin du bureau, elle ressassait les événements de la matinée. Brendon avait préparé un petit déjeuner à un homme qui lui avait fait perdre un contrat de plusieurs millions de dollars. Que se passait-il au juste entre eux ?

A son arrivée, John Crawford l'attendait. Il passa une main sur son crâne chauve et s'écroula dans le fauteuil.

– Emerson m'a confié votre projet Paradis, commença l'employé. Je n'ai rien contre, mais l'exécution pourrait se révéler difficile. Je ne vous apprendrai certes pas les problèmes que nous allons rencontrer pour respecter les délais.

– J'attends le devis, mais je sais fort bien à quoi nous nous attaquons. Et Emerson m'a donné son soutien inconditionnel. Il ne me reste plus qu'à obtenir l'accord du conseil d'administration.

– Ce qui nous conduit directement au second problème, reprit Crawford. La société Sloane est la seule entreprise de la région disposant d'un personnel suffisant pour nous permettre de terminer les travaux à temps.

– Je n'y vois aucun inconvénient si nous n'avons pas d'autre solution.

– Cependant Emerson n'acceptera jamais, pas à la suite du grabuge que Sloane a provoqué après avoir perdu le contrat.

Elle repensa au récit de Brendon à ce sujet.

– Vous connaissez les motifs de son échec?

– Les banques ont déclaré qu'il n'avait pas les reins assez solides, et elles ont préféré quelqu'un de plus sûr.

– Autrement dit, nous.

– Nous existons depuis un demi-siècle, et nous traitons les affaires d'une manière plus... conventionnelle, du moins jusqu'à maintenant.

– Écoutez John, il importe avant tout de terminer le chantier avant le 1er avril.

Crawford poussa un soupir inquiet.

– J'en ai assez de m'occuper de tout, car depuis quelque temps votre grand-père ne fait plus grand-chose.

– C'est pour cela qu'il prend sa retraite, précisa la jeune femme. Et j'arrive pour lui donner un coup de main car j'ai moi aussi des intérêts financiers en jeu dans cette affaire.

– J'espère sincèrement que vous savez dans quoi vous vous lancez, finit-il par dire en se levant. McLean a investi dans ce projet un capital plus important que prévu. Et si ces villas nous restent sur les bras, nous allons crouler sous les dettes.

S'appuyant sur une expérience de dix ans dans l'immobilier, Savannah le rassura :

— Nous les vendrons, John. Vous pouvez me croire.

Cependant, au moment de sortir, il la mit en garde :

— N'oubliez pas que le monde des affaires de cette ville a les yeux rivés sur vous. Or, ici la clef de la réussite passe par la discrétion dans la vie privée et professionnelle.

9

SAVANNAH avait la tête plongée dans ses dossiers lorsque Brendon entra dans son bureau, les yeux étincelant et le sourire éblouissant.

– Prête pour le déjeuner, ma chérie?

Cette mascarade de fiançailles devenait plus qu'une simple plaisanterie. Elle ne pouvait nier son attirance pour lui, mais plus les choses évoluaient, et plus elle risquait d'en sortir meurtrie.

– Je croyais avoir clairement expliqué que je n'aurai pas le temps.

– Je tiens beaucoup à ce repas.

Puis, lui prenant les mains, il la força à se lever de son fauteuil.

Quelqu'un toussota derrière eux.

– Sloane a raison, intervint Emerson. Tu dois te détendre un peu. De plus, vous avez une course importante à faire.

– Ah oui? s'étonna la jeune femme en regardant Brendon qui souriait.

Le vieil homme poursuivit en haussant les épaules.

– Mon enfant, tu n'as pas encore de bague de

fiançailles et il t'en faut absolument une avant la réception.

– Mais enfin, de quoi parlez-vous?

– De la soirée organisée en l'honneur de nos fiançailles, précisa son prétendant.

– Vous n'êtes pas sérieux!

Elle eut toutes les peines du monde à garder son sang-froid.

– Ton grand-père voulait te réserver la surprise.

– La réception se tiendra au country club de Rolling Hills, expliqua Emerson, le visage radieux. Depuis ce matin, trois secrétaires passent les invitations par téléphone.

– Et quand aura lieu cette petite fête?

Il lui restait toujours la possibilité de feindre une crise de paludisme.

– Ce soir même, répondit le grand-père.

Savannah crut défaillir.

– D'un commun accord, Sloane et moi avons jugé préférable d'annoncer officiellement vos fiançailles le plus tôt possible. De toute évidence, mon garçon, je ne suis pas le seul à avoir vu votre Mercedes garée devant la propriété.

– A l'avenir, je tâcherai de me montrer plus discret.

Le vieil homme protesta d'un geste de la main.

– Je sais ce que c'est que l'amour. Savannah, ton mariage sera mon plus beau cadeau de retraite. Une fois établie à Charleston et après le succès du projet Paradis, tu pourras assumer la fonction de présidente dans les meilleures conditions.

— J'y ai réfléchi, lança la jeune femme en se dégageant du bras de son compagnon. Que deviennent nos conflits d'intérêt dans cette histoire? Ce mariage et ma nomination ne peuvent que nous apporter des ennuis.

Mais Brendon coupa court à son argument :

— Bien sûr, nous avons envisagé cette possibilité avec ton grand-père.

— Ce qui nous a incités à organiser cette réception dès ce soir, renchérit Emerson. Cette alliance prouvera à tout le monde le rapprochement de nos familles et de nos intérêts.

— Pourquoi ai-je l'impression de me retrouver entre le marteau et l'enclume? gémit-elle.

Avant de partir, le vieil homme répondit :

— En amour, rien n'est simple.

— Qu'attendez-vous? demanda Savannah à Brendon.

— Nous devions déjeuner ensemble, au cas où vous l'auriez oublié.

Elle serra les dents :

— Je vous ai déjà dit que j'avais un travail urgent à terminer.

— Dans ce cas, je patiente.

Elle se remit à l'ouvrage. Mais la présence de cet intrus la déconcentrait.

— Comment vais-je pouvoir vous faire sortir de ma vie?

— Épousez-moi, suggéra-t-il en se rapprochant.

Elle lutta contre l'attirance qui la poussait vers lui.

— Je ne vous trouve pas drôle.

Il soupira :

— Cette soirée organisée par votre grand-père non plus.

— Pourquoi n'avoir rien tenté pour l'en empêcher ?

Brendon hocha la tête.

— En fait, je ne savais pas si je devais le prendre au sérieux quand il y a fait allusion ce matin. Je n'ai pas voulu vous en parler plus tôt parce que je me doutais que cette nouvelle ne vous plairait pas. Alors j'ai préféré vous l'annoncer de vive voix. De plus, n'oubliez pas que nous devons acheter cette bague.

— Vous ne trouvez pas que cette plaisanterie va un peu trop loin ?

— Si nous voulons sauvegarder votre réputation, nous n'avons guère le choix.

Cet homme séduisant savait se montrer tendre et compréhensif, mais aussi tyrannique et arrogant. Sans cette mise en scène, elle aurait remué ciel et terre pour lui.

— Vous accepteriez vraiment cette mascarade de fiançailles juste pour moi ?

Il la regarda avec le plus grand sérieux.

— Je n'ai jamais eu l'intention de vous nuire, et maintenant j'ai envie de vous protéger. Et je vous dis la vérité.

Il se raidit en jetant un œil à sa montre.

— Il faut que nous partions si nous voulons trouver une bague avant le début de la soirée.

La jeune femme marqua un moment d'hésitation. Après tout, c'était bien elle qui l'avait entraîné dans cette histoire, et non l'inverse.

– D'accord. Mais ensuite, nous devrons trouver un moyen de nous tirer de ce mauvais pas.

Ensemble ils se dirigèrent vers la Mercedes garée derrière la tour McLean.

– Et si nous avions une sérieuse dispute juste après l'inauguration du Paradis? suggéra Brendon. A ce moment-là, la preuve de vos compétences et la réticence de Crawford à prendre le relais inciteront sans doute Emerson à vous confier le poste. D'ici là, nous pouvons toujours improviser.

Ils n'avaient guère le choix. En raison des invitations déjà lancées, Savannah ne pouvait plus reculer sans mettre son grand-père dans une situation impossible et passer pour une écervelée.

Brendon se gara devant la bijouterie. Semblant oublier la foule qui se pressait sur les trottoirs à l'heure du repas, il la prit par les épaules et la serra contre lui.

– Vous m'avez manqué et je n'ai pas cessé de penser à vous. Et vous?

– Je...

– Je vous en prie, insista-t-il en resserrant son étreinte.

– Vous avez hanté mon esprit toute la matinée, finit-elle par avouer à contrecœur.

Avait-il besoin de cet aveu pour flatter son amour-propre? Ou bien était-il aussi amoureux qu'elle? Commencerait-il à tenir à elle?

La main de l'homme glissa sous son blazer, faisant naître en elle un désir douloureux. Elle émit une légère plainte et enfouit le visage au creux de son épaule.

– Nous ne devrions pas... protesta la jeune femme.

Sloane la colla à lui en soupirant :

– J'ai sans cesse besoin de vous embrasser.

Sa bouche fondit sur la sienne avec avidité. Un feu embrasa les sens de Savannah qui fondit sous l'ardeur de ses baisers. Elle passa les bras autour de son cou et se lova contre son corps.

Haletant, il la repoussa légèrement tout en la dévisageant.

– Je n'ai jamais désiré une femme autant que vous.

Elle ne sut que répondre. Avouer son amour pour lui les pousserait tous deux jusqu'au bout de leur désir, et la fin de cette histoire n'en serait que plus pénible.

Il la scruta du regard tout en dessinant du doigt le contour de ses lèvres tremblantes. Leurs bouches se soudèrent l'une à l'autre. Petit à petit, elle s'abandonna, se serrant contre son compagnon pour mieux s'imprégner de la chaleur de son corps.

Un coup de klaxon et des éclats de voix de curieux les ramenèrent à la réalité. Une nouvelle fois, il avait réussi à lui faire tout oublier pour ne laisser place qu'à l'instant présent et à la passion qui naissait entre eux. Cela s'appelait-il l'amour ? Ou bien s'agissait-il d'un désir purement physique.

Son compagnon l'aida à descendre de voiture. Puis la prenant par la taille, il la conduisit jusque chez le joailler.

– Imaginez-vous que vous répétez la scène de ce soir, lui ordonna-t-il d'une voix ferme. Je tiens à ce que vous donniez l'impression d'être folle de moi.

Ainsi, cette scène passionnée dans la voiture n'était qu'une simple répétition?

– Et que se passera-t-il si je m'y refuse? chuchota la jeune femme d'une voix cassante. Vous me tirerez par les cheveux, comme les hommes préhistoriques?

Tout à coup, Savannah se sentit incapable d'affronter ce simulacre de fiançailles.

– J'ai changé d'avis, dit-elle avec dédain tout en se dégageant de son étreinte. Je ne veux plus de ce bijou.

Mais avant qu'elle ait eu le temps de s'enfuir, les mains de Brendon la rattrapèrent.

Ils franchirent le seuil de la joaillerie.

Brendon s'approcha d'une vendeuse.

– Nous aimerions une bague de fiançailles.

La jeune femme intervint :

– Je sais exactement ce que je veux.

Elle se dirigea vers la vitrine pour désigner du doigt l'objet de ses convoitises :

– Je désire ce diamant avec ce rubis et ces trois saphirs.

En se retournant, elle décocha à son prétendant un sourire provocant.

Il la saisit par les épaules et s'adressa à elle avec une patience exagérée :

– Chérie, pourquoi pas un solitaire?

L'employée sortit un de ses tiroirs en expliquant :

– Voici une sélection de très bon goût.

– Ça ne me plaît pas, se lamenta Savannah.

– Un solitaire, trancha Brendon. Rien d'autre.

– C'est votre dernier mot?

Prenant des attitudes d'enfant gâtée, elle ignora résolument la lueur de colère qu'elle lisait dans ses yeux.

– Oui.

– Dans ce cas, je ne prends rien.

Adressant un sourire contrit à la vendeuse, elle prit la direction de la sortie.

Sloane la secoua par les épaules.

– Écoutez, cette corvée ne m'amuse pas plus que vous, mais il faut vous faire une raison.

Puis, s'adressant à la vendeuse, il déclara :

– Nous prendrons le plus gros diamant que vous ayez.

– Vous voulez toujours m'épouser? demanda la jeune femme avec agressivité.

– Plus que jamais!

Le côté irrévocable de sa réponse lui fit froid dans le dos.

Cinq minutes plus tard, ils sortirent de la bijouterie, un énorme solitaire brillant de mille feux au doigt de Savannah.

– Je crois qu'un verre s'impose, suggéra Brendon.

– Allez-y seul. Moi, je dois rentrer au bureau.

Son compagnon lui bloqua le chemin.

– Vous aviez promis de déjeuner avec moi, et vous devez tenir parole.

– Allez au...

110

Rapide comme l'éclair, il la serra contre lui.

– Chérie, arrêtez votre comédie. Nous devons discuter de notre problème devant un bon repas.

En fait, elle mourait de faim.

– Je vous demande pardon pour cette attitude stupide.

Il prit sa main glacée qu'il frotta dans les siennes en lui avouant :

– J'ai envie de passer quelques minutes à vos côtés pour oublier cette soirée ridicule qui nous attend.

La jeune femme approuva d'un signe de tête. En silence, ils regagnèrent la voiture pour se rendre au restaurant. Brendon commanda une bouteille de chablis que Savannah dégusta avec délectation.

– Je ne parviens pas à m'habituer à une bague aussi imposante, dit-elle en la retirant pour la placer à côté de son assiette.

– Si elle ne vous plaît pas, nous pouvons toujours l'échanger contre autre chose.

En vérité, ce solitaire lui donnait l'impression d'être vraiment fiancée. Elle refusa d'un signe de tête :

– Oh non ! Je tiens à vous rembourser.

– Croyez-moi, finit-il par lui dire en buvant son café, vous méritez mille fois plus que cette bague.

Stupéfaite, elle demanda :

– Que voulez-vous dire au juste ?

– Dès le début, Emerson m'a bien jugé. Je ne suis qu'un vaurien rusé. Je n'accepte tous ces ennuis qu'à condition d'y trouver mon compte.

Or, jusqu'à maintenant, vous interprétez votre rôle avec si peu d'enthousiasme que personne ne sera dupe.

– Mais puisque nous nous aimons!

– Parlez pour vous, trésor!

D'un geste délibéré, Brendon glissa la bague au doigt de la jeune femme et ajouta :

– Pour ma part, je ne fais jamais les choses à moitié.

Refusant de se laisser dérouter, Savannah protesta :

– Si j'avais voulu, j'aurais abandonné depuis longtemps.

Son interlocuteur haussa les épaules.

– Votre grand-père a déjà des doutes sur vos chances de réussite dans le monde des affaires. Si vous cédez maintenant, vous lui donnez raison.

– Qu'attendez-vous de moi? demanda-t-elle.

– Ce que je vous ai dit hier soir.

Il prit sa main frémissante et caressa son poignet. Mais le ton pragmatique sur lequel il poursuivit rompit le charme.

– Je veux le contrat de sous-traitance pour le projet Paradis. J'exige votre réponse avant la fin de la semaine.

Au fond d'elle-même, la panique la gagna, mais elle réussit à rester de marbre.

– Nous n'avons encore lancé aucun appel d'offres.

– Ne jouez pas au plus fin avec moi, Savannah. Sans les aménagements supplémentaires que vous prévoyez, nous savons fort bien tous les deux que rien ne se vendra. De plus, si vous refusez de déléguer une partie du travail, McLean ne respectera jamais l'échéance du 1er avril, ce qui risque de mettre votre société dans une situation financière délicate. Vous avez besoin d'aide. Or, il se trouve que je vous offre mes services à un tarif compétitif, tout en vous garantissant un travail de qualité.

— Nous n'avons encore rien décidé.

— Non, mais vous avez les pleins pouvoirs pour réaliser ce projet, souligna Brendon. Mes équipes peuvent démarrer dès la semaine prochaine.

En dépit de son argumentation convaincante, Savannah n'aimait pas qu'on lui force la main, et appréciait encore moins ces manières tyranniques.

— Et si mon choix devait se porter sur une autre entreprise?

Il lâcha sa main et se cala au fond de son siège.

— Alors j'informerai le syndicat de la façon dont vous traitez les affaires. Je leur parlerai de vos tentatives de corruption dans le but de forcer votre grand-père à vous céder le poste de présidente.

— Mais il s'agissait d'une simple plaisanterie! objecta la jeune femme. Du moins, jusqu'à ce que vous annonciez nos projets de mariage.

— Si je me souviens bien, vous ne m'avez pas contredit.

— Comment ai-je pu vous faire confiance? s'écria-t-elle en jetant sa serviette sur la table. Mon grand-père ne se trompait pas lorsqu'il vous considérait comme un être abject.

– N'oubliez pas que l'ambition fait également partie de mon caractère, et ma société a besoin de ce contrat.

– Jamais, vous m'entendez, jamais je ne travaillerai avec vous.

Savannah se leva de table. Brendon la rejoignit sur le trottoir avant qu'elle puisse héler un taxi. Il la saisit par le bras.

– Je vous raccompagne à votre bureau.

En raison du monde qui les entourait, elle n'opposa pas de résistance.

Une fois devant la tour McLean, il prit la parole :

– Je viens vous chercher à huit heures.

La jeune femme lui répondit d'une voix glaciale :

– Monsieur Sloane, considérez cette soirée comme notre dernier rendez-vous.

En descendant de voiture, elle entendit son rire diabolique.

10

LA sonnette de la porte d'entrée retentit à huit heures précises.

— Vous ne voulez pas renoncer à cette comédie? demanda Savannah tandis que Brendon entrait.

Sa présence accélérait les battements de son cœur et bien malgré elle, ses yeux se posèrent sur son smoking en satin noir.

— Certainement pas, trésor!

Il lui fallut faire appel à toutes ses forces pour ignorer la sensualité qui émanait de cet homme. Dès demain, elle raconterait tout à Emerson.

— Vous êtes prête? s'enquit son compagnon qui bouillait d'impatience.

Galamment, il l'aida à s'envelopper dans l'étole de vison. Puis, il fronça les sourcils en découvrant la tenue qu'elle avait choisie, une robe noire moulante pailletée d'or. Le décolleté asymétrique découvrait une épaule de façon fort suggestive.

— Vous avez opté pour du noir un soir pareil?

— Disons que je porte le deuil de notre mise en scène.

Sur ces mots, elle se dirigea vers la voiture.

A leur arrivée, la soirée battait déjà son plein. Les premières heures se passèrent à saluer les invités venus des quatre coins de la Caroline du Sud.

La jeune femme ne put s'empêcher de remarquer :

– On dirait que la fine fleur des hommes d'affaires du Sud s'est réunie ici.

– Connaissant Emerson, et vu qu'il n'a pas d'autre héritier que vous, je n'en attendais pas moins.

Tout à coup, Savannah constata à quel point Brendon semblait ravi de se trouver là, jouissant du nouveau prestige et de la nouvelle position sociale que cette cérémonie lui conférait.

– Je voudrais un peu de champagne, décréta-t-elle.

– Je crois surtout que vous avez besoin de danser, rétorqua son fiancé en lui prenant la main pour la conduire sur la piste.

Entourés d'inconnus qui évoluaient au rythme de la musique, il la serra dans ses bras et elle eut beaucoup de mal à rester fâchée.

Plus tard dans la soirée, Emerson annonça à sa petite-fille avec un large sourire.

– J'ai décidé de te confier la présidence de la société.

Une bouffée de plaisir envahit la jeune femme, mais son engagement officiel avec Brendon Sloane jetait une ombre sur son bonheur.

– Tu ne regrettes rien?

Le vieil homme répondit :

— Vous formez tous deux un couple bien assorti, et j'espère que saurez aplanir les difficultés de nos deux sociétés autour d'un feu de cheminée.

Sans lui laisser le temps de parler, il poursuivit :

— Je reconnais que je n'y croyais pas trop, mais aujourd'hui je comprends que tu as fait le bon choix. Je vous souhaite à tous les deux beaucoup de bonheur.

Mais les problèmes provoqués par son idée ridicule et ceux qui ne manqueraient pas de suivre empêchaient Savannah de se réjouir de cette victoire.

— Quelque chose ne va pas? s'enquit Brendon en l'invitant à danser.

— Emerson vient de me donner sa bénédiction pour notre mariage.

Le jeune homme la considéra en silence :

— Qu'y a-t-il de si terrible à cela?

— Cela complique davantage la situation. Lui avouer la vérité devient de plus en plus difficile.

— Dans ce cas, abstenez-vous. Autrement, je me verrai dans l'obligation de tout révéler à mon tour. En effet, si vous vous obstinez à ne pas me confier la sous-traitance du projet Paradis, je veillerai personnellement à ce que vous payiez les pots cassés.

Sans prêter attention à la raideur que cette menace provoquait chez sa partenaire, Brendon lui conseilla :

– Donnez au moins l'impression de vous amu- ser, comme si cette soirée était la plus importante de votre vie.

– Je n'en ai jamais vécu de pire, affirma la jeune femme en lui écrasant délibérément les orteils.

Lorsque la musique s'arrêta, il échangea quel- ques mots avec les invités qui les entouraient, le sourire aux lèvres, la tenant toujours par la taille. Lorsque l'orchestre attaqua un tango, il la força à tournoyer autour de la salle.

– J'aimerais boire du champagne.

Sloane fronça les yeux en entendant le ton impératif de la jeune femme.

– Dans votre état, vous risqueriez de vous eni- vrer.

Il avait raison.

– Je voudrais également prendre une collation.

Ensemble, ils se dirigèrent vers le buffet. Savannah affichait un sourire de circonstance et Brendon lui tendit une coupe. Pour la première fois de la soirée, elle nota qu'il avait l'air aussi las et tendu qu'elle.

– Toutes ces soirées mondaines sont-elles tou- jours aussi ennuyeuses? se plaignit-il.

Elle avala une gorgée de champagne tout en luttant contre l'attirance qu'elle éprouvait pour ce traître.

– A dix-sept ans déjà, je devais assister à ce genre de réception une fois par mois. Par la suite, la fréquence s'est multipliée par trois ou quatre. Sans parler des réunions organisées par l'association des anciens élèves du lycée que je trouvais parfaitement intolérables.

– Pourquoi?

– Je n'ai jamais aimé les rapports superficiels.

– Vous voulez dire, insista Brendon, que vous n'avez jamais éprouvé de plaisir à participer à ce genre de manifestation?

– Que manigancez-vous?

Il lui ôta la coupe des mains et ses doigts effleurèrent les siens, ce qui provoqua en elle une série de frissons.

– Faites-moi confiance, chérie. Nous allons créer un précédent.

De toute évidence, il ne plaisantait pas. Il l'entraîna sur la piste. Aux premiers accents de l'orchestre, elle passa les bras autour de son cou pour épouser son rythme rapide. Ils évoluaient beaucoup trop vite, même si elle se sentait trop étourdie pour protester. Les invités s'exclamaient devant leur prouesse.

– Je ne tiendrai jamais jusqu'au bout, murmura Savannah.

– Après tout, cette fête a lieu en notre honneur! répliqua Brendon.

A la fin du morceau, son fiancé alla discuter avec le chef d'orchestre, lequel entama un pasodoble. Lorsqu'ils se mirent à arpenter la piste à grands pas, la jeune femme hurla de rire malgré elle.

– Je n'ai jamais agi de manière aussi sotte depuis bien longtemps, reconnut-elle à bout de souffle.

– Il fallait combler cette lacune.

Emerson les rejoignit.

– Mon petit, je pars.

– Merci pour cette merveilleuse soirée, grand-père, fit Savannah en souriant.

Elle se pencha pour l'embrasser.

A sa grande surprise, elle remarqua les yeux humides de son aïeul.

– Tu ne sais pas ce que ta présence auprès de moi représente.

Puis se retournant vers Brendon, il prit un air menaçant :

– Quant à vous, Sloane! Gare à vous!

– Oui, monsieur, répondit celui-ci, au garde-à-vous.

Mais le sourire que les deux hommes échangèrent éveilla les soupçons de la jeune femme. Ce changement dans leurs rapports la surprenait énormément. Se passait-il quelque chose qu'elle ignorait?

Elle observa Emerson s'éloigner et se dirigea vers le buffet. Elle croqua à belles dents dans un éclair au chocolat, ravie de constater que les convives commençaient à s'esquiver.

– On dirait que nous avons réussi à convaincre tout le monde de notre bonheur, commenta Brendon en avalant des petits fours.

Cette remarque la pétrifia. Avaient-ils dansé des heures uniquement dans ce but? Elle prit une gorgée de champagne avant de répondre :

– On pourrait vous décerner l'Oscar du meilleur comédien.

Avant que son fiancé n'ait le temps de répondre, le gouverneur s'approcha pour leur dire au revoir. Suivit une pluie de félicitations. Une demi-heure plus tard, il ne restait plus qu'une vingtaine de personnes.

– Eh bien! déclara Savannah, vous pouvez d'ores et déjà vous considérer comme un homme libre puisque demain Emerson saura toute la vérité.

– Je n'ai pas l'intention de vous laisser sortir de ma vie de la sorte, pas après tout ce que nous avons partagé.

Il la serra contre lui :

– Je ne veux pas que vous fassiez semblant avec moi. Comment réussir à vous convaincre?

Il aurait fallu lui dire qu'il l'aimait, renoncer à ses exigences professionnelles, tout recommencer depuis le début...

Il murmura à son oreille :

– Vous avez envie de moi, tout comme j'ai envie de vous.

– Si je dois un jour refaire l'amour, je tiens à ce que cela se passe dans la tendresse et la complicité. Or, vous ne pouvez me les offrir, puisque vous considérez ces fiançailles comme une partie de poker.

Il fronça les sourcils sans protester, préférant prendre une troisième coupe de champagne. L'orchestre rangea ses instruments, et Brendon conduisit sa promise vers la sortie après avoir donné un pourboire au maître d'hôtel. L'air frais de janvier la fit frissonner et elle regretta de ne pas avoir pris de manteau.

Son compagnon lui ouvrit la portière puis s'installa au volant.

— Vous avez froid? demanda-t-il avec un coup d'œil amusé en direction de sa passagère, tout en réglant le chauffage.

— Je suis glacée jusqu'aux os, répondit-elle en claquant des dents.

Alors il la prit dans ses bras et déposa un baiser sur ses lèvres.

— Je promets de vous réchauffer très vite.

Son baiser alluma en elle un brasier ardent.

— Il devrait exister des condamnations pour ce genre de pratiques, murmura Savannah qui tentait de le repousser.

Il la couvrit de baisers passionnés tout en la serrant davantage contre lui.

— J'ai eu envie de vous arracher cette robe toute la soirée, chuchota Brendon tout en descendant le long de son cou. Je voulais savoir ce que vous portiez en dessous.

Ses mains épousèrent la courbe de ses hanches et se glissèrent pour la soulever de son siège de façon à l'asseoir sur ses genoux.

Elle s'abandonna à lui et passa la main dans ses cheveux. Alors les doigts de Sloane errèrent sur sa poitrine.

Tout à coup, au prix d'un effort surhumain, il recula et reprit le volant.

— Ce matin, j'ai promis à Emerson de me montrer plus discret, déclara-t-il à contrecœur.

Ces propos brisèrent le charme qui commençait à opérer.

Brendon garda les yeux rivés sur la route, tandis que Savannah bâillait à fendre l'âme. Ensuite, elle sentit la voiture s'arrêter, mais n'aperçut ni son pavillon, ni le manoir de son grand-père.

— Où sommes-nous?

— A l'hôtel *Kiawah*, répondit son chauffeur en se garant face à la réception.

Par chance, l'hôtel affichait complet.

— Et pourquoi nous arrêtons-nous ici? demanda-t-elle en s'efforçant de garder son calme.

— J'ai envie de dormir, pas vous?

Elle avait plutôt des envies de meurtre.

— Nous n'avons rien pour nous changer, soupira-t-elle en désignant leurs vêtements de soirée. Et de toute façon, ils n'ont plus de chambre.

— J'ai pris la précaution de réserver, lui annonça-t-il avec gaieté. Vous venez?

Quel toupet!

— Vous me le paierez! murmura-t-elle dans un souffle.

Le réceptionniste les accueillit avec un large sourire. Savannah s'écroula sur une chaise car ses escarpins lui faisaient mal aux pieds. Décoiffée, les lèvres gonflées de baisers, les joues cramoisies, elle se faisait l'effet d'une adolescente surprise en train de fauter.

— J'ai réservé une chambre au nom de monsieur et madame Carver, expliqua Brendon.

Il avait tenu parole en promettant plus de discrétion. Lorsqu'il sortit de sa poche une liasse de billets de banque, Savannah se cacha le visage dans les mains. Quel goujat!

Une fois les formalités terminées, il se tourna vers elle avec un large sourire :

— Tu es prête?

— Puis-je vous aider à porter vos bagages? proposa le réceptionniste.

Sloane afficha un air candide.

— Nous n'en avons pas.

Sur ce, il tendit la main à sa fiancée pour sortir dans la fraîcheur de la nuit.

— Je devrais planter un couteau au beau milieu de votre sale cœur de Yankee et...

— Taratata! gloussa-t-il tandis qu'ils faisaient le tour de la piscine. Dans notre métier, trésor, la règle d'or est de garder son sang-froid en toute circonstance et de ne jamais jurer de rien.

— Je présume que vous incarnez l'exemple même de l'homme d'affaires idéal!

Ils s'arrêtèrent devant le numéro 103.

— Voici votre chambre. La mienne se situe au premier étage.

Il dissimulait dans sa main deux jeux de clefs. L'autre portait le numéro 204. La jeune femme piqua son fard.

— Ainsi vous aviez tout prévu!

Il approuva d'un signe de tête.

— Le Paradis n'est plus très loin d'ici et j'ai l'intention d'y faire un tour demain afin de voir où en sont les travaux.

Savannah lui décocha un regard sombre. Mais le côté pratique de la situation lui sauta aux yeux. Autant profiter de son expérience professionnelle!

— J'accepte que vous me dressiez un devis,

cependant je ne vous garantis pas de vous confier le chantier.

— Cela me paraît honnête.

— Mais je n'ai aucun vêtement pour me changer.

— Je vous donnerai quelque chose de plus approprié demain matin.

— La colère la reprit à l'idée que l'on prenne les décisions à sa place.

— Je ne vous le pardonnerai jamais.

Brendon partit d'un petit rire tout en la prenant par les épaules pour déposer sur son front le plus tendre des baisers.

— Mais si, Savannah, et plus tôt que vous ne le croyez.

11

La sonnerie de téléphone réveilla Savannah aux aurores. Elle décrocha le combiné :

– Bonjour, mon ange, susurra une voix douce à l'autre bout du fil.

– Brendon! murmura-t-elle tout en se réfugiant sous les draps.

Aucun rayon de lumière ne perçait à travers les rideaux.

– Quelle heure est-il?

– Cinq heures du matin. Vous dormez encore?

– A votre avis? répondit-elle d'une voix railleuse.

Lui, au contraire, paraissait en pleine forme. Un frisson de désir la parcourut au souvenir des baisers qu'ils avaient échangés la veille.

– Que portez-vous?

La jeune femme marqua un temps d'hésitation puis avoua :

– Mon solitaire.

Il éclata d'un rire sensuel.

– Et vous? demanda-t-elle, enhardie par la distance qui séparait leurs chambres.

– Encore moins que ça.

A sa grande surprise, le feu lui monta aux joues.

– Je voulais vous dire que vous trouverez des vêtements de l'autre côté de la porte d'entrée.

– Mais...

– Si vous avez envie de prendre une douche, faites-le dès maintenant.

Puis il raccrocha et Savannah considéra l'appareil avec colère. La perspective de la scène qui suivrait si elle ne se pliait pas aux ordres de Brendon l'incita à se lever.

Le sac qui pendait dehors contenait un sweater en coton, un jean, une paire de chaussettes, une culotte en dentelle blanche avec des petits cœurs, un soutien-gorge transparent. Une paire de bottes de cow-boy complétait la tenue. Il avait également ajouté une brosse à dents, du dentifrice et un petit flacon de son parfum préféré. Consciente qu'il risquait d'arriver à tout moment, elle s'empressa de prendre une douche et de s'habiller. Elle venait d'enfiler la seconde botte lorsqu'il frappa à la porte.

Elle l'invita à entrer.

– J'ai choisi le bon parfum?

– Qui vous a renseigné? demanda-t-elle en pliant sa robe du soir dans le sac.

– Le valet d'Emerson et je lui ai également demandé votre taille.

Avant qu'elle puisse reculer, il la prit dans ses bras et sa bouche fondit sur la sienne. Perdant toute envie de protester sous ce baiser pressant, la jeune femme se colla contre son corps.

127

Elle avait oublié sa rancœur de la veille pour s'abandonner à la sensation de redevenir une femme aimée et désirée. Sa poitrine s'écrasait contre son torse tandis qu'il resserrait ses bras autour de ses épaules. La chaleur du sweater n'était rien en comparaison de l'énergie que faisaient ouvrir en elle ses caresses à travers le tissu. Ses bouts de seins se durcirent et elle murmura son nom.

Les lèvres de Brendon erraient entre sa bouche et son cou, puis il enfouit son visage dans sa chevelure.

— Une rude journée nous attend et je veux arriver sur le chantier avant le lever du jour.

« Le revoilà en train de penser au travail, comme toujours », songea la jeune femme. Cette sage résolution aurait dû la soulager, et pourtant elle en éprouva de la déception. Quel pouvoir exerçait-il sur elle? Que ressentait-il pour elle?

Le chantier baignait dans la poussière soulevée par les camions. Plus d'un ouvrier leva la tête pour regarder Savannah descendre de la voiture. Son fiancé marchait à ses côtés, s'arrêtant souvent pour échanger quelques mots avec le contremaître et les ouvriers.

Brendon l'aida à traverser un fossé comblé de planches disjointes. Les fondations se dressaient déjà, les structures en bois étaient montées ainsi que la plus grande partie de l'isolation. Vers la côte, il y avait des massifs de magnolias et des peupliers de Virginie. En direction de la mer, on

128

voyait encore des marécages et des dunes de sable qui se transformeraient bientôt en pelouses.

— J'aimerais beaucoup visiter l'intérieur d'une des résidences, dit son compagnon.

Savannah le conduisit vers le pavillon témoin situé à l'autre extrémité du chantier. D'un œil critique, il détailla les moquettes, les tapisseries, les cheminées, les plafonds aux poutres apparentes et les terrasses donnant sur l'océan.

— Tout ceci me paraît bien trop standard, soupira Brendon. Ça ne se vendra jamais. Il faudrait ajouter des barbecues d'intérieur, des jardins d'hiver, un garage avec ouverture électrique. Vous rechignez sur des options de luxe indispensables pour attirer la clientèle.

— Nous n'en avons pas les moyens, gémit la jeune femme.

— Dans ce cas, la société Sloane financera l'aménagement intérieur.

Elle secoua la tête.

— Emerson n'acceptera jamais.

Sur le chemin du retour, Brendon ne décrocha pas un mot. Comme promis, il se gara devant le pavillon et la raccompagna jusqu'à la porte. Pendant qu'elle fouillait dans son sac pour trouver ses clefs, il proposa :

— Acceptez de dîner chez moi ce soir.

Il se rapprocha jusqu'à ce que son souffle effleure sa chevelure. Savannah dut faire de grands efforts pour répondre d'une voix détachée :

– Vous ne croyez pas que cette plaisanterie a assez duré?

– Si.

L'expression grave qui passa dans son regard accéléra les battements de son cœur.

– Mais puisque nos fiançailles ont eu lieu hier, il ne me paraît pas opportun de rompre tout de suite. Et j'ai envie de passer du temps avec vous.

Au fond d'elle-même, elle partageait le même désir.

– D'accord, finit-elle par accepter.

– Je vous attends à sept heures.

En quelques minutes, Savannah avait passé un ensemble de lainage blanc avec un corsage de soie rose. Arrivée au travail, elle s'arrêta à la réception pour prendre le courrier.

– Mon enfant, s'écria Emerson, nous étions justement en train de parler de toi.

Son regard étonné croisa celui de Brendon qui semblait mal à l'aise.

Il portait les mêmes vêtements que ce matin.

– Tu ne m'avais pas dit que tu avais rendez-vous avec mon grand-père, lança-t-elle à son fiancé.

Son aïeul la fit entrer dans son bureau.

– Ton fiancé m'a parlé de ses suggestions pour le Paradis, et je dois reconnaître que ses idées me plaisent. Revaloriser le complexe me paraît bénéfique pour nos deux sociétés et je ne vois pas d'inconvénient à ce que l'entreprise Sloane prenne à sa charge les frais des aménagements intérieurs.

130

Toutes ces manigances derrière son dos la rendirent furieuse.

— Moi seule ai le pouvoir d'engager ou de renvoyer qui bon me semble.

Emerson approuva d'un signe de tête.

— Mais Brendon m'a expliqué que mon opinion te préoccupait. Alors je tiens à ce que tu saches que je suis tout à fait d'accord.

— Parfait, répliqua la jeune femme en décochant au malotru un coup d'œil malveillant.

— Ainsi, reprit le vieil homme à l'attention de Sloane, vous offrez le moyen à vos employés de reprendre le travail.

La jeune femme s'étonna :

— Vous avez débauché du personnel ?

— Pas encore, mais nous réduisons les frais. Et ce chantier vient à point pour mes ouvriers, car je me demandais ce que j'allais faire d'eux.

— Savannah, intervint son grand-père, j'ai promis de déjeuner avec Harvey pour discuter du financement que nous essayons d'obtenir.

Pour Brendon, ses paroles ne tombèrent pas dans l'oreille d'un sourd.

— Emerson, expliquez-moi comment cela se passe. Une décision favorable des banques pourrait nous donner à tous un bon coup de pouce.

Avant de sortir, le vieil homme promit d'en reparler plus tard.

La jeune femme ne décolérait pas.

— Je vais contacter d'autres entreprises, Brendon, sans me soucier des promesses de mon grand-père.

— A votre guise. Mais n'oubliez pas que l'initiative des aménagements intérieurs vient de moi et que si je devais avoir d'autres idées, je ne les dévoilerais qu'après la signature du contrat.

— Je présume que le dîner de ce soir est annulé, anticipa Savannah d'une voix crispée.

Il sourit :

— Bien au contraire! A moins, bien sûr, que vous ayez peur de venir chez moi.

Le ton de défi qu'il avait employé la fit frissonner.

— Ne soyez pas ridicule!

— Dans ce cas, à ce soir!

Réussirait-elle jamais à chasser de son cœur et de sa tête ce grossier personnage?

12

DE toute façon, il fallait qu'elle le voie, rien que pour comprendre ce désir ardent qui l'animait. A sept heures précises, Savannah frappa à la porte de Brendon.

— Je savais que vous viendriez, dit-il en l'invitant à entrer.

Fière comme un paon, elle rejeta la tête en arrière :

— Il me semble que nous avions rendez-vous.

Un feu crépitait dans la cheminée. L'argenterie et la porcelaine étincelaient sous la lueur des chandelles et dans le seau à champagne, une bouteille de Dom Pérignon trônait parmi les glaçons.

Sloane portait un habit noir et un nœud papillon en soie noire sur une chemise blanche. Tous ces frais en son honneur troublèrent la jeune femme.

Pendant tout le repas, son hôte la dévora des yeux.

— Votre famille travaillait dans le bâtiment ? demanda-t-elle pour détendre l'atmosphère.

— Non. J'ai perdu mon père très jeune et ma

133

mère passait ses nuits à l'usine pour gagner un peu d'argent. A la fin de mes études, je me suis engagé dans une équipe de construction, en raison du salaire intéressant. A l'époque je vivais avec dix dollars par semaine, ce qui explique mes talents pour préparer toutes sortes de pâtes sans viande.

– Et les femmes?

Il poussa un long soupir.

– Un type qui étudie jour et nuit ne les passionne pas outre mesure.

– Quand avez-vous démarré dans les affaires?

Avant de répondre, son hôte lui servit une coupe de champagne.

– Après une première expérience dans une société d'engineering, j'ai préféré le grand air à l'atmosphère confinée d'un bureau. Et puis je voulais devenir mon propre patron. Alors j'ai commencé par de la sous-traitance, et à raison de dix-huit à vingt heures de travail par jour, j'ai fini par créer ma société. Ensuite, j'ai rénové de vieux appartements pour les revendre. Au moment de la crise économique, j'ai décidé de m'installer ici.

En se levant, il suggéra:

– Mettez-nous un peu de musique pendant que je débarrasse la table.

Quelques minutes plus tard, il la rejoignit et l'enlaça pour la faire danser. Dans la pénombre, il admira son ensemble pourpre.

– Vous êtes si belle, murmura-t-il. Vous représentez tout ce que j'attends d'une femme.

Il resserra son étreinte et l'embrassa. Savannah

passa ses bras autour de son cou et se laissa bercer au rythme de la musique.

— Restez avec moi cette nuit, je vous en prie.

— Brendon...

Elle jeta la tête en arrière pour mieux scruter son visage.

— Moi aussi, j'ai besoin de vous, finit-elle par avouer.

Leurs bouches s'unirent dans un baiser fougueux. Des ondes de chaleur parcoururent la jeune femme. Elle se colla contre lui pour mieux s'imprégner de son odeur.

Brendon glissa ses doigts sous la ceinture de son pantalon pour libérer le corsage en soie. Ses mains brûlantes sur sa peau la firent trembler de passion.

Avec un tendre grognement, il enfouit la tête dans ses cheveux.

— Vous ressemblez au... nirvāna.

Doucement, il lui retira son corsage et fit glisser les bretelles de son soutien-gorge, posant ses lèvres brûlantes sur son sein.

— Je veux vous faire l'amour. Le désirez-vous aussi ?

A cet instant précis, elle sut qu'elle l'aimait. Ses mains douces et son regard tendre lui coupaient le souffle.

— Je vous désire plus que tout au monde, chuchota-t-elle.

Il la dévisagea un moment, puis sa passion se déchaîna. Sans comprendre, Savannah se retrouva soulevée du sol et emportée en direction du premier étage.

Il la déposa délicatement sur le lit. La pièce sentait bon l'eau de Cologne, ajoutant une touche enivrante à ses émotions. Il retira son habit et le nœud papillon. Alors elle fit sauter les premiers boutons de sa chemise tandis qu'il la déshabillait.

– Tu es si belle, dit Brendon, et tu as la peau si douce.

Il l'attira à lui en murmurant :

– Prenons le temps de nous découvrir.

De ses mains, il épousa la forme arrondie de ses seins couleur de porcelaine pour mieux les pétrir. La jeune femme frémit sous les sensations qu'il faisait naître en elle tandis que ses doigts erraient sur son torse. Ils se retrouvèrent soudés l'un à l'autre, chair contre chair, ivres de bonheur. Brendon resserra son étreinte.

Elle sentait sa virilité si dure et si tendre à la fois se frayer un passage entre ses jambes. Elle s'accrocha à ses épaules.

Tandis qu'il la couvrait de baisers, Savannah s'arc-bouta et se mordit les lèvres pour réprimer un cri.

– Brendon, je t'en prie... Je te désire tant.

– En es-tu sûre ? demanda-t-il en scrutant son visage sans arrêter la torture de ses caresses.

– Oui, maintenant !

Avec douceur, il lui écarta les jambes et ses doigts experts préparèrent le passage afin de ne pas la brusquer. Elle se colla à lui, et leurs bouches se soudèrent l'une à l'autre alors qu'ils adoptaient un mouvement d'abord lent, qui s'accéléra peu à peu. Soudain, le monde entier chavira pour laisser la place au plaisir et elle poussa un cri d'extase.

Ils restèrent longtemps inertes, les corps emmêlés. Savannah écoutait battre le cœur de l'homme à qui elle s'était donnée.

— A quoi penses-tu? demanda-t-il tout en lui caressant le dos.

« Que je t'aime » songea la jeune femme, « plus que tout ». Mais elle ne pouvait avouer ses sentiments.

Son compagnon se redressa sur un coude pour mieux la contempler. Elle se lova contre lui, seuls un regard passionné et un sourire ardent trahissaient ce qu'elle éprouvait pour lui.

Il la serra dans ses bras.

— C'est si bon de t'avoir contre moi. J'aimerais que tu passes le reste de la nuit à mes côtés.

Elle ferma les paupières en savourant l'odeur musquée de sa peau.

— Moi aussi, j'ai envie de rester avec toi.

Jamais elle ne s'était sentie aussi comblée.

— Savannah, je tiens à toi, avoua-t-il en l'embrassant à la commissure des lèvres.

— Brendon! murmura-t-elle en s'abandonnant totalement au désir, incapable de penser au futur.

— La nuit n'est pas encore terminée, chérie, et il nous reste tant de choses à découvrir...

Il couvrit son corps de baisers, mettant ses sens à vif. Frémissante, elle s'accrocha à lui et laissa échapper une plainte.

La jeune femme roula sur son amant, oubliant toute timidité sous le feu de la passion.

— Tu me rends audacieuse. Avec toi, je me sens une vraie femme.

— J'ai envie de toi, murmura Brendon.

Alors, d'un mouvement tendre et brutal, il la posséda. Autour d'eux, l'univers se désagrégeait et leurs corps ne firent plus qu'un.

13

L'ARÔME du café tira Savannah du sommeil. Elle s'étira sous la couette et une sensation de bien-être l'envahit au souvenir des étreintes passionnées de la nuit.

Elle se leva en bâillant et enfila la robe de chambre de Brendon. Celui-ci se trouvait dans le bureau, rivé à son ordinateur, vêtu d'un jean élimé et d'une chemise en batiste largement ouverte. La jeune femme réprima l'envie de se jeter dans ses bras.

— Venez m'embrasser, belle dame, lui dit-il avec un sourire moqueur.

Tout en rougissant, elle s'exécuta et il la prit sur ses genoux. L'odeur de leurs ébats leur collait encore à la peau.

— Tu sens bon, murmura son compagnon.

Il la tenait fermement, le visage enfoui entre ses seins.

— Je voulais te laisser dormir, expliqua-t-il tout en glissant la main dans son décolleté.

Au moment où elle se sentit fondre sous ses caresses, il l'obligea à regarder l'écran. Avec un soupir de déception, elle renonça à l'idée de le distraire de son travail. Peut-être sous la douche...

— Que fais-tu?

— Je vérifie où en sont mes équipes. Si nous voulons démarrer le Paradis, il faut que je réorganise certaines choses.

La gorge de Savannah se noua.

— Étant donnée l'évolution de nos rapports personnels, je ne pense pas que nous puissions travailler ensemble.

Il fit volte-face pour la regarder :

— De qui doutes-tu au juste? De toi ou de moi?

— Mais...

Elle piqua son fard, stupéfaite qu'il ait deviné ses pensées.

— Je n'ai pas fait l'amour avec toi dans le but d'obtenir le contrat de sous-traitance, si c'est ce que tu penses. Cependant j'ai besoin de ce chantier, sinon la faillite m'attend.

Puis en jetant un œil sur la pendule qui marquait sept heures, il trancha :

— Nous en parlerons au petit déjeuner.

Sachant toute protestation inutile, la jeune femme approuva d'un signe de tête. Puis, elle attendit qu'il prenne sa douche pour s'habiller et prendre le fil de l'air.

Après avoir passé la journée à plancher sur le problème de la sous-traitance du Paradis, Savannah rentra chez elle épuisée. Malheureusement, une nuit tout aussi pénible l'attendait. Ses bras et sa sacoche débordaient de différents projets de campagne publicitaire et une décision rapide s'imposait.

D'un coup de pied, elle ouvrit la porte et la referma de même.

– Comment ai-je pu m'embarquer sur cette galère? bougonna-t-elle à haute voix.

– Voilà une question pertinente.

Brendon était installé dans un fauteuil près de la cheminée. Dans son costume bleu nuit, il semblait fort fatigué.

Savannah, pourquoi as-tu disparu ce matin? demanda-t-il d'une voix douce. Cela ne te ressemble pas. Crains-tu tellement de travailler avec moi?

Il s'approcha d'elle et laissa ses doigts courir sur ses bras.

Elle recula pour ne pas céder. Le pouvoir qu'il exerçait sur elle la terrifiait, ainsi que l'amour qu'elle éprouvait pour lui.

– Je n'ai pas peur.

– Tu ne t'es encore jamais autant engagée avec un homme tant sur le plan physique que sur le plan moral, je ne me trompe pas? Cette nuit...

– J'ai commis une erreur.

Mais sa présence obscurcissait son jugement.

Par la fenêtre, Sloane regarda le manoir d'Emerson.

– C'est pour cela que tu as passé ta journée à téléphoner à toutes les entreprises de la ville?

Il sortit un papier de sa poche :

– Je te suggère de jeter un œil sur ceci avant d'aller plus loin. Cette ordonnance du tribunal

141

interdit à la société McLean de réaliser mes suggestions si l'entreprise Sloane ne participe pas à la construction du Paradis.

Savannah blêmit, déchirée entre la surprise et la sensation d'avoir été trahie.

– Quand as-tu obtenu ce document?

– Ce matin. J'ai des témoins sur le chantier prêts à témoigner de notre collaboration sur ce projet, sans parler de ma réunion d'hier avec Emerson. Tout ceci suffira à convaincre n'importe quel juge de la nécessité d'arrêter les travaux si nous ne trouvons pas un terrain d'entente.

La colère de la jeune femme explosa :

– Comment oses-tu me traiter de la sorte?

– Je tenais à mettre les choses au point avant que tu ne poursuives tes investigations.

– Si tu t'imagines que j'accepterai à nouveau de faire l'amour avec toi après ça, tu es complètement fou.

Il la prit dans ses bras.

– Sors de cette maison.

– Tu le veux vraiment?

– Non! avoua-t-elle.

Les lèvres de Sloane avaient déjà pris possession des siennes.

– Je t'en prie, arrête.

– Je ne te crois pas.

Il l'allongea sur le canapé.

– Brendon!...

Entendait-il les battements de son cœur? Devinait-il à quel point, en dépit de tout, elle aspirait à ses baisers et à ses caresses?

— Ne parle plus!

— Lâche-moi! ordonna la jeune femme d'une voix rauque.

Mais ses mains qu'elle dressait comme un rempart enlacèrent son cou. Pourquoi embrassait-il si bien, au point de la transporter au septième ciel? Pourquoi ne lui offrait-elle pas la moindre résistance? Cette impression d'être dominée par un homme ne lui était pas arrivée depuis bien longtemps. Elle ne pouvait ignorer sa virilité pressée contre son corps.

— As-tu envie de moi? demanda-t-il en la couvrant de baisers.

— Je...

— Savannah, pourquoi refuses-tu le bonheur?

— Parce que cette attirance physique s'éteindra une fois assouvie.

— Une passion comme la nôtre ne peut pas mourir, dit-il d'une voix tendre en dégrafant son corsage.

Puis il s'empara de ses seins et la jeune femme poussa une plainte.

— J'aurai toujours envie de toi, murmura son compagnon. Et tu auras toujours besoin de moi, même si tu le nies.

Ces paroles ne correspondaient pas à l'idée qu'elle se faisait de l'amour. Mais sous la volupté de leurs étreintes, Savannah s'abandonna.

— Tu as la peau si douce, dit Brendon.

Sa bouche lui infligea un tendre supplice et ses mains expertes glissèrent sur sa taille, épousant l'arrondi de ses hanches. Puis elles retroussèrent sa jupe pour dévoiler des jambes parfaites.

— Maintenant, ose me dire que tu n'as pas envie de moi.

— Oui, je te désire, reconnut-elle d'une voix crispée.

Mais la jeune femme ne voulait pas qu'on se serve d'elle comme d'un objet, dans aucun domaine. Elle ne pourrait jamais lui pardonner d'avoir porté leur litige devant les tribunaux.

Elle se redressa d'un bond et arracha sa bague de fiançailles :

— Mais j'exige que tu disparaisses de ma vie. Va au diable!

En apprenant l'existence du document légal contre sa société, Emerson déclara à sa petite fille et à John Crawford :

— Il vaut mieux régler ce problème à l'amiable. Nous allons confier la sous-traitance à Sloane. Je vais de ce pas demander à notre service juridique de nous rédiger un contrat en bonne et due forme.

Savannah consacra les deux jours suivants à travailler sur le projet Paradis. Brendon lui laissa plusieurs messages, mais elle ne daigna pas le rappeler.

L'après-midi du troisième jour, elle se rendit sur le chantier où un photographe et quatre mannequins l'attendaient pour un spot publicitaire.

— N'est-ce pas le paradis sur terre? chuchota une voix à son oreille.

La jeune femme sursauta et se trouva face à face avec Sloane.

144

– Quel merveilleux endroit pour prendre sa retraite! poursuivit-il en la fixant droit dans les yeux, ou bien pour fonder une famille!

– Vous n'avez donc rien à faire? lui demanda-t-elle.

Il lui saisit le bras et l'entraîna un peu à l'écart.

– Je voudrais dîner avec vous.

– Je vous en prie!

Sa main enveloppa la sienne, recouvrant le solitaire qu'elle avait remis à son doigt.

– Laissez-moi me racheter. J'avoue avoir mal agi.

– Brendon...

L'émotion lui noua la gorge. L'amour, le désir, le besoin... Sa relation avec lui avait bouleversé sa vie. Sur le plan professionnel, il représentait un obstacle, puisque son grand-père ne lui offrait pas d'autre avenir, hormis celui de continuer cette liaison. Or elle réalisait qu'elle n'était pas faite pour les amours clandestines.

– Je vous promets de me contenter de dîner avec vous.

Comment le croire quand le moindre contact, le moindre baiser suffirait à la faire fondre dans ses bras?

– Restons bons amis, Brendon. Rien de plus.

Il fronça les sourcils.

– Mais je ne vous ai jamais demandé de refaire l'amour.

– Tant mieux, rétorqua la jeune femme, parce que vous n'obtiendriez rien de moi.

Il se frotta la joue en la gratifiant d'un sourire.

– Il y a à peine trois jours, vous...

– Je m'en souviens parfaitement! l'interrompit Savannah, furieuse.

Il esquissa une grimace pour ajouter :

– Vous n'avez pas envie de recommencer?

– Non!

Il lui lança un regard incrédule tout en avançant d'un pas.

– Ce que j'ai éprouvé pour vous, précisa-t-elle, était purement sexuel.

Il la prit par les épaules.

– Ça me suffit!

– Lâchez-moi!

– Dès que vous aurez accepté mon invitation.

– Jamais! hurla-t-elle en le défiant du regard.

– Savannah! De quoi avez-vous peur?

– Laissez-moi tranquille.

– Ma chère, vous oubliez nos fiançailles. Et les ragots vont aller bon train.

– Je m'en moque!

– Ce n'est pas aussi simple.

– Vous ne pouvez tout de même pas me contraindre à vous voir.

– Vous voulez parier? Vous avez déjà entendu parler d'une procédure qui porte le nom de violation de promesse de mariage?

La jeune femme fulminait, à la fois blessée et stupéfaite.

Brendon poussa un soupir d'impatience.

– Chérie, soyez honnête et reconnaissez que vous n'avez pas plus que moi envie de rompre nos fiançailles.

Le désir sexuel! Ils ne partageaient rien d'autre. Qu'en était-il de l'amour et de l'engagement solennel? Que devenait le sacrement du mariage?

– Là, vous vous trompez, répondit Savannah d'une voix paisible. Parce que je m'en vais sur-le-champ trouver mon grand-père pour tout lui raconter.

Il lâcha prise et elle s'éloigna d'un pas rapide sans regarder en arrière pour dissimuler ses larmes de rage et de déception.

Brendon avait raison quand il affirmait qu'elle n'avait pas envie de rompre. Elle l'aimait. Mais il fallait d'abord avouer la vérité à son aïeul.

Emerson se trouvait dans son salon, en train de déguster une tasse de thé.

– Très bien, mon petit, que se passe-t-il?

– Je veux te parler de mes fiançailles. C'est une plaisanterie depuis le début.

Imperturbable, le vieil homme écouta son récit pitoyable.

Des pas résonnèrent et Brendon apparut dans l'encadrement de la porte.

– Je viens de tout lui dire, avoua Savannah à son ex-fiancé.

En silence, les deux hommes échangèrent un sourire.

– Voilà, tout est fini, conclut la jeune femme.

– Pas tout à fait, objecta Sloane.

– Vous êtes impossible, soupira-t-elle tout en cherchant soutien auprès de son grand-père.

– Mes enfants, cette querelle vous concerne et je ne puis vous aider.

Décidément, les hommes agissent parfois de façon incompréhensible... Et ces deux-là donnaient l'impression d'être de mèche depuis des années... Et si...

Brendon soupira :

– Je crois que votre petite-fille commence à voir clair. Votre grand-père sait tout de notre machination depuis un certain temps. Disons que sa façon de vous rendre la pareille consiste à ne pas vous en avoir parlé.

Dégrisée, Savannah voyait soudain ses soupçons se confirmer.

– Quant à moi, intervint Emerson, j'ai fait semblant de détester Brendon.

La jeune femme lança à son aïeul un regard amer.

– Me jeter en pâture comme de la vulgaire...

Elle poussa une plainte et se cacha le visage dans les mains.

– Je n'arrive pas à y croire. Et le poste de présidence que tu m'as offert le soir de mes fiançailles, s'agissait-il là aussi d'un canular ?

Emerson lui adressa un sourire indulgent :

– J'ai pris cette décision le jour de notre discussion dans mon bureau. La présidence de notre compagnie t'appartient, mon petit. J'en ai déjà informé le conseil d'administration qui m'a donné son accord.

Le vieil homme se leva :

– Maintenant, si vous voulez bien m'excuser, je dois retrouver des amis pour une partie de poker.

Il embrassa sa petite-fille et serra la main de Sloane, puis quitta le salon.

148

Savannah se dirigea vers son pavillon, Brendon sur ses talons.

— Nous n'avons plus rien à nous dire.

— Je vois. Maintenant que vous avez obtenu votre présidence et que vous n'avez plus besoin de mes services, vous me chassez comme un chien.

L'ordonnance du tribunal revint à la mémoire de la jeune femme.

— Auriez-vous toujours l'intention de me traîner en justice pour violation de promesse de mariage? Que désirez-vous en dédommagement? Ma maison? La bague?

Dans sa nervosité, elle ne parvint pas à la retirer de son doigt. Comment pouvait-il l'avoir trahie sans pitié? Le chagrin la torturait.

— Arrêtez, Savannah! Vous savez fort bien que je n'ai jamais voulu vous faire souffrir?

— Ah oui? Pourtant, vous m'avez tournée en ridicule.

— Jamais de la vie! répondit-il sans s'énerver. Je n'ai jamais triché dans mes sentiments pour vous.

En le regardant, elle aurait presque pu le croire.

— Alors pourquoi ne pas m'avoir laissée en paix?

— Parce que je veux vivre avec vous.

Il la prit dans ses bras pour ajouter :

— Je refuse de renoncer à tout ce que nous avons partagé. Savannah, nous sommes faits l'un pour l'autre.

– Ne dites pas de sottises, nous nous connaissons depuis à peine une semaine.

– Peu importe le temps. J'ai trente-trois ans et je ne me suis jamais senti aussi heureux. Je n'ai pas besoin d'en savoir davantage à votre sujet. Je vous veux à moi pour toujours et je tiens à vous épouser.

Elle le dévisagea, interloquée.

– Savannah, je vous aime!

– Moi aussi, je vous aime.

Des larmes lui brûlaient les yeux. Elle se dégagea de son étreinte et arpenta la pièce, nerveuse, comme prise au piège.

– Épousez-moi.

– Je ne peux pas. Vous finiriez par me détester.

Pourquoi ne voulait-il pas comprendre ce qu'elle essayait de lui expliquer?

– Et si vous me faisiez un peu confiance? suggéra son compagnon.

– Voilà le problème. Je n'y parviens pas. Après mon divorce, j'ai juré de ne plus jamais me marier.

Brendon se raidit et passa la main dans ses cheveux.

– Je vous laisse réfléchir et je vous téléphone dans quelques jours.

14

TROIS jours plus tard, Brendon visitait la résidence du Paradis en compagnie de Savannah.

— Eh bien! Qu'en pensez-vous? Les travaux commencent à prendre tournure.

La jeune femme frissonna sous sa popeline de soie.

— Le temps va se gâter et nous ferions mieux de rentrer.

Ils regagnèrent la Cadillac. La sortie étant bloquée par un bulldozer, Sloane trouva un autre passage. Au bout de quelques kilomètres, le moteur de la voiture cala et refusa de redémarrer.

— Mais que se passe-t-il? demanda Savannah que la tombée de la nuit rendait nerveuse.

Brendon fronça les sourcils.

— Cela ressemble fort à une panne d'essence.

— Oh, non!

— Et si!

Il retira la clef du contact et l'aida à descendre.

— Il ne nous reste plus qu'à marcher, à moins que vous n'ayez envie de passer la nuit ici.

Main dans la main, ils partirent sous les étoiles.

Au bout d'un certain temps, la jeune femme poussa un gémissement. La fatigue lui déchirait tous les muscles.

— Nous sommes sauvés, annonça son compagnon, je vois les lumières d'une maison au loin.

Elle suivit la direction de son regard et ouvrit de grands yeux.

— Serions-nous victimes d'une hallucination?

— Dommage qu'il n'y ait personne, déclara Savannah en regardant par la fenêtre.

— Nous pouvons toujours entrer pour trouver un téléphone.

— Cela s'appelle de l'effraction!

Mais elle avait froid et n'en pouvait plus.

— Comment comptez-vous vous y prendre? demanda-t-elle.

— Essayons d'abord avec une clef.

A la surprise de la jeune femme, la porte céda à la seconde tentative.

Il la porta dans ses bras pour franchir le seuil. Ils découvrirent une table dressée pour un dîner en tête à tête et une bouteille de champagne dans un seau à glace.

— Quelqu'un va venir dîner, déclara Savannah. Nous ferions mieux de ne pas traîner.

Brendon éclata de rire.

— Je dois vous faire un aveu. Nous sommes ici chez nous.

— Chez nous?

— J'ai passé ces trois derniers jours à chercher un endroit idéal pour nous deux.

Elle examina le décor luxueux.

152

– Vous avez fait tout cela pour moi?

– Je remuerais ciel et terre pour vous rendre heureuse. Maintenant, vous comprenez pourquoi j'ai tellement insisté pour que vous m'accompagniez sur le chantier. Cependant, je n'avais pas prévu que nous tomberions en panne d'essence. J'avais seulement l'intention de vous amener ici pour vous demander en mariage. Je vous aime, et c'est tout ce qui compte. Mais je vous laisse le temps de décider.

Tout à coup, ses vieilles craintes s'évanouirent. Elle se sentait si bien auprès de lui.

– Ma décision est prise.

La jeune femme s'approcha de lui et passa les bras autour de sa taille, éclatante de bonheur.

– Dois-je comprendre que vous acceptez de m'épouser?

– Chéri, ronronna Savannah, j'ai bien cru que tu ne me poserais jamais la question.

Étroitement enlacés, ils montèrent les marches les menant vers la chambre où un lit royal les attendait.

Lentement, il la déshabilla et ses mains possessives capturèrent ses hanches. Ils roulèrent sur le sol comme deux oiseaux sur la grève.

– Tu es le diable en personne, murmura Brendon entre deux baisers. Tu m'as tellement manqué.

– Toi aussi, tu m'as manqué.

Il prit dans ses mains ses deux pommes d'amour et sourit en voyant l'aréole se durcir.

– Tu es si belle et tu as la peau si douce.

Son regard plongea dans le sien, puis il but le nectar de ses fruits délicieux. Chaque caresse déclenchait en elle des milliers de piqûres d'épingles qui attisaient son désir.

— Viens!

— Savannah! Je t'aime.

— Moi aussi, je t'aime.

Jamais elle n'aurait cru pouvoir aimer un homme à ce point. Il s'allongea sur elle. En appui sur les coudes, il la contempla un moment tandis que la jeune femme caressait ses reins. Puis brusquement, il l'attira contre elle et dans un cri de plaisir, leurs deux corps ne firent plus qu'un.

Brendon lui imposa un rythme implacable et des larmes de bonheur coulèrent sur ses joues lorsqu'ils atteignirent les limites de l'extase.

Il la serra contre lui, le visage enfoui dans ses cheveux pour lui demander :

— Veux-tu toujours devenir ma femme?

— Plus que jamais.

Savannah se blottit au creux de son épaule, s'enivrant de son odeur.

— Cependant, je dois te prévenir que je n'ai rien d'une maîtresse de maison.

— Peu importe! La force de notre amour vaincra tous les problèmes. La preuve, si nous avons surmonté ces dernières heures, je crois que nous ne risquons plus rien.

— Tu as raison, murmura-t-elle, secrètement ravie de découvrir qu'ils avaient les mêmes pensées.

Elle aimait ce vaurien à la folie.

– Embrasse-moi, ordonna Brendon.

Savannah se jeta à son cou pour lui donner un baiser qui exprimait toute la passion et l'amour qu'ils partageraient pendant le reste de leur vie.

FEMME PASSION

Décembre 1991

N° 43 *La muse de Jonathan* par Frances DAVIES

Glenda reçoit à l'improviste la visite de son amie Katy, agent littéraire à Boston. Celle-ci vient en Angleterre pour tenter de fléchir l'un de ses auteurs qui ne se décide pas à lui remettre le manuscrit promis. Écrivain célèbre, Jonathan Wiswood jouit d'une curieuse réputation : il n'écrirait que lorsqu'il est amoureux... En arrivant à Wiswood House, Glenda ne se doute pas qu'elle va bien malgré elle devenir la nouvelle inspiratrice du romancier...

N° 44 *La riposte du prince* par Sherryl WOODS

Katie Stewart cherche l'homme idéal... en passant une petite annonce. Et les réponses pleuvent! Mais les propositions ne sont pas toujours honnêtes. Inquiet, le patron de Katie, le beau Ross Chandler, décide d'y mettre bon ordre. Puisque la jeune femme attend son prince charmant, il sera celui-là. Mais il doit faire face à une forte concurrence en la personne d'un mystérieux soupirant qui adresse à la jeune femme des billets doux et anonymes.

PASSION

Novembre 1991
Pack Nº 97

Nº 329 *L'homme idéal* par Terry LAWRENCE

Carol ignore pourquoi, mais elle s'obstine depuis toujours à choisir l'homme qui ne lui convient pas. Et lorsque Steve lui offre un verre, c'est pour apprendre qu'elle a décidé de se refuser dorénavant à tous ceux qu'elle rencontrera. Mais Steve se révèle assez digne de confiance pour exciter la curiosité de la jeune femme. Acceptant de le revoir, elle exige cependant qu'ils ne sortent qu'en amis et, à son grand étonnement, il joue le jeu.

Nº 330 *Les neiges du Colorado* par Glenna Mc REYNOLDS

Dans l'immensité des montagnes du Colorado, on fait parfois d'étranges rencontres. Iris est sur le point de retrouver le trésor qu'elle cherche depuis longtemps quand elle est capturée par Walker Evans, un guide solitaire au regard d'ambre qui ne la lâchera plus d'une semelle. Il n'est pas comme les aventuriers avides d'or qu'elle a croisés tout au long de sa quête, même s'il a lui aussi des vues sur la fortune du vieil Abel...

Nº 331 *Une maison enchantée* par Patricia BURROUGHS

Kevin Llewellyn, la sensibilité même, artiste peintre au monde imaginaire. Reggie Rivers, Champion de football, véritable force de la nature avec la grâce en plus. Points communs entre la première et le second? Apparemment aucun. Mais en ce mois d'août, sous le ciel de Louisiane, tout semble pouvoir arriver : une rencontre entre ces deux êtres que rien n'aurait dû mettre sur le même chemin, une attirance que ni l'un ni l'autre ne peuvent comprendre.

PASSION

décembre 1991 (pack n° 98)

N° 332   FEMME À LOUER par Janet EVANOVICH

Au désespoir de sa famille, Maya accepte une offre d'emploi peu orthodoxe : devenir pendant six mois la femme d'un entrepreneur du Vermont qu'elle ne connaît ni d'Eve ni d'Adam ! La jeune femme pense s'offrir six mois de calme à la campagne pour écrire enfin le roman dont elle rêve. En fait de tranquillité, Maya se retrouve dans un village de doux dingues qui ne pensent qu'à l'enlever ou à forcer sa porte. Mais surtout, il y a le charme dangereux de Hank Mallone, un « mari » plus vrai que nature, bien décidé à consommer cet hymen...

N° 333   LA RIME ET LA RAISON par Erica SPINDLER

Séduisant et sûr de lui, le docteur William Ridgeman aime l'ordre et la logique des choses. Or, il se trouve soudain attiré par une séductrice aux cheveux de flamme dont les yeux brillent du même éclat que le cristal qu'elle porte au cou comme un talisman. Alix Stanton veut qu'on l'accepte telle qu'elle est. Aussi résiste-t-elle au sentiment qui la pousse vers ce médecin au charme diabolique. Elle s'est néanmoins prise d'affection pour sa fille Lucie, fleur délicate et fragile à qui personne n'a appris à croire en elle-même. William protège sa fille des blessures de la vie; jamais il n'a confié son son terrible secret à quiconque.

N° 334   AU PÉRIL DE LEUR VIE par Judy GILL

Les amours clandestines cachent les grandes passions. Au péril de leur vie, Max et Jeanie découvrent le bonheur.
Mais sauront-ils l'accepter?
Cœurs affrontés ne sont point ennemis...
Pour quel triomphe?

PASSION

Décembre 1991

Pack nº 99

Nº 335 *Au pays d'une fée* par Marcia EVANIK

Jamais Neil Sinclair n'aurait imaginé que son oncle et sa tante, depuis longtemps perdus de vue, vivaient dans la chaumière de Blanche Neige. L'apparition féerique de Katlin, nymphe ailée vêtue de rose, ne fait qu'ajouter à sa consternation. Intrigué par son rire cristallin, agacé par son entêtement et... ensorcelé par ses lèvres tentatrices, il comprend, à son grand désarroi, que sa famille est très heureuse de vivre au service de Katlin. Mais comment pourrait-il garder avec lui ses parents retrouvés sans briser le bonheur que Katlin a eu tant de mal à se construire?

Nº 336 *Voyou de Louisiane* par Olivia RUPPRECHT

Chance Renault est de retour dans la vie de Mica après des années d'aventures en Europe et au Moyen-Orient. De dépit, Mica s'est mariée et a connu une lente descente aux enfers avec son mari. Mais ce dernier s'est tué en voiture et elle a cru redevenir libre. Or Chance revient rôder autour de sa maison, lui envoyant des fleurs chaque matin, l'attendant tard le soir...

Nº 337 *Un château sur la plage* par Joan Elliott PICKART

Construire sur la plage un éphémère château de sable, s'arrêter pour respirer une fleur, contempler un coucher de soleil, Maggie n'en a guère le goût. Son unique souci est de penser à l'avenir et de se protéger de tout ce qui pourrait basculer sa petite vie bien ordonnée. Or son nouveau voisin, James-Steven Payton, préfère un style de vie diamétralement opposé. Trouveront-ils un compromis qui permettra à leur amour de s'épanouir sans altérer leur personnalité?

LA COMPOSITION, L'IMPRESSION ET LE BROCHAGE DE CE LIVRE
ONT ÉTÉ EFFECTUÉS PAR LA SOCIÉTÉ NOUVELLE FIRMIN-DIDOT
MESNIL-SUR-L'ESTRÉE
POUR LE COMPTE DES PRESSES DE LA CITÉ
EN OCTOBRE 1991

Imprimé en France
Dépôt légal : novembre 1991
N° d'impression : 18021